妖怪旅館營業中 八

雪之國度的珍味奇景

友麻碧

輕文學
Light Literature

目錄

登場人物介紹

妖怪旅館營業中

天神屋

座落於妖魔鬼怪所棲息的世界——「隱世」東北方的老字號旅館。在鬼神的統率之下，眾多妖怪攜手打造出熱絡繁榮的住宿空間。偶爾也會有人類房客入住。

大老闆

在隱世老字號旅館「天神屋」擔任大老闆的鬼神，集眾多妖怪之景仰於一身。曾試圖納葵為妻，卻從不表露自己的內心情感，默默在旁守護她的一舉一動。

津場木葵

因為已故祖父所欠下的債務而成為擔保品，被擄來「天神屋」的女大學生。拒絕接受與大老闆的婚約，運用自豪的廚藝開始經營名為「夕顏」的食堂。

接待員 阿涼

大掌櫃 曉

小老闆 銀次

會計長 白夜

接待員 春日

小不點

折尾屋

位於南方大地的旅館，是天神屋的死對頭。

大掌櫃 葉鳥

大老闆 亂丸

借宿妖怪旅館，歡度一夜良宵。

——津場木史郎

開幕　春日與清（一）

此地為隱世。

我所在之處，是位於北方大地的八葉據點——冰里城。

「今天的天空依舊灰濛濛的……」

我朝著凍僵的雙手呵了呵氣，從冰里城大廊上的冰窗眺望著外頭景色。

眼前是一片被籠罩於雨雲之中的陰暗天空。

「春日，身體已經好點了嗎？」

「……阿清。」

沒錯，我名為春日。

關心我身體狀況的他，正是繼任北方大地八葉的城主——清。

他擁有冰晶般透亮的髮色，以及雪花般的白皙肌膚。

年紀輕輕便當上城主的他，容貌中帶著一種縹緲的夢幻。

「沒事沒事，只是場小感冒罷了。吃了從文門大地帶來的感冒藥，睡個一晚就康復啦。」

我擠出滿面笑容，然而阿清依然緊皺眉頭，露出一臉難色。

他手持象徵城主的權杖，在距離我幾步之外的地方停下腳步，與我望向同一片灰濛濛的天空。

在沒多久之前，我還在天神屋當女服務員。然而因為我同時擁有隱世右大臣之女的身分，於是辭掉工作嫁入阿清家。

「春日，天神屋的客人們就快到了。」

「我知道。我早預料到事情會朝這個方向發展。」

「妳看起來很開心呢。」

阿清露出苦笑，卻垂下雙眼。他的眼神與我並未有交集。

「想必妳應該很恨我吧。恨我為了自己與北方大地的利益，把妳從天神屋帶走，來到這個一無所有，對妳而言難以生存的冰天雪地。」

「你怎麼這麼說呢？我會嫁給阿清你，全是出於自己的決定。」

「……」

我希望能從旁協助阿清，解決他所抱持的煩惱。

然而他卻獨自背負一切，避免讓我涉入。

他不希望我被捲入北方大地的腐敗、需要面對的難題與一切是非之中。

阿清獨自吞下所有煩惱，徬徨無助地露出落寞的微笑。

「別擔心，天神屋的大家一定願意站在我們這邊的。」

於是我趁他錯身而過之時，輕輕地向他低喃。

他只斜眼望向我，便不發一語地離去了。

北方大地是一片被高山峻嶺與冰雪包圍的灰色土地。

居住於此的冰人族過去曾經建立過統一的國度，造就了極盛的時代，然而現今已被隱世顯著的發展速度與日益蓬勃的經濟拋在後頭，只有日趨衰退一途。

再加上接近永冬的氣候，讓這塊險峻的土地不適合居住。

被選為新任北方八葉的阿清，為了重新找回過往的繁榮而想盡各種方法。然而才剛上任的他，身邊盡是難分敵我之輩。對他而言，這份責任實在重了些。

正因為如此，我才希望自己能助他一臂之力。然而……

目前的我，什麼也做不到。

阿清似乎也尚未打從心底接納我。

第一話

狐狸與狸貓使者

「唔唔……好冷。」

我——津場木葵正用雙手摩擦著自己冷得直打哆嗦的身軀。

明明待在折尾屋的飛船「青蘭丸」船艙內，卻仍感受到明顯的寒冷襲來。

「葵小姐，接下來就要進入北方大地的領空，氣溫將會越來越低，請穿上這個吧。」

身為九尾狐的天神屋小老闆——銀次先生替我拿了一些衣物過來。是一套繡著奇妙圖樣的和服與皮草外褂。

「這是北方大地的傳統服飾。要在北方大地行動，穿上這件毛皮的外褂再適合不過了。」

「哇～內裡毛茸茸的，感覺就很暖和。」

沒信心能挨住這種嚴寒的我鬆了一口氣。

「還有替小不點也準備了一套唷。」

「耶～人家光溜溜滴沒衣服穿，實在太感激惹～」

原本老實待在我肩上的小不點，一股勁地朝銀次先生飛撲而去。

銀次先生幫他套上類似斗篷的外套，上頭繡有花紋。這畫面可愛得令人忍不住露出微笑。

「葵小姐，我滴這身打扮怎麼樣？」

「很可愛嘛你，小不點。好像晴天娃娃一樣。」

平常總是一絲不掛的小不點，像這樣著裝後的模樣真可愛。

「不過呀，天氣太冷的話，你頭頂盤子裡的水不會結凍嗎？」

「啊～這可就大事不妙惹～不過我想船到橋頭自然直吧～～」

「前一句明明說大事不妙，卻又擺出老神在在的態度啊。」

面對如此悠哉悠哉的小不點，銀次先生開口說：「我還準備了這個。」並拿出一頂小小的三角帽子。

「這原本是河童在冬天穿戴的一種禦寒裝備，我請天神屋的地底工廠幫忙製作了手鞠河童專用的縮小版。」

接著他將帽子套在小不點頭上的盤子，並且確實旋緊，就像在關實特瓶一樣。於是三角帽便緊緊包覆住盤子，即使小不點到處亂動也不會輕易鬆脫。

這是什麼跨時代的裝備……

「那麼葵小姐，請您換裝完畢後到甲板一趟好嗎？白夜先生找您。」

「嗯嗯，我知道了。」

我將和服、外褂還有身穿斗篷的小不點一把抱起，在銀次先生為我準備的房間裡換裝完成。

從穿衣鏡中映照出的模樣，與平常身穿抹茶色和服的自己不太一樣。

「圖樣很華麗，腰帶也相當細緻柔軟呢。裡面還附有褲狀的內襯，穿起來似乎很方便活動，感覺像是雪國特有的民族服飾？本來就有聽說北方大地擁有自己獨特的文化。」

我相當興致勃勃。特別對於那邊的料理感到好奇，不知道會有怎樣的新東西。

小不點跳進我外褂上的口袋，一臉雀躍地探出頭來說：「裡頭毛茸茸滴，好暖和～」

一走到甲板外，我便被這空氣中有別於以往的氣味給嚇了一跳。

「哇……一片雪白。」

眼前所見是一整片的銀色世界。

這是我來到隱世後第一次看到雪，而且還是堆積得如此美麗的雪景。

「剛才正好越過一座巨大的山峰。氣候驟然一變，瞬間充滿雪國氣息。」

會計長白夜先生朝我走近，淡然地俯瞰著這片景色。

因為天氣寒冷，他將手中摺扇保持閉合狀態，並未攤開來搧風。

「……是說白夜先生，看你身穿色彩亮麗的和服，還披著皮草外褂，總覺得不太習慣呢。」

「囉嗦什麼，這是入境隨俗。先別說這些無關緊要的事了，葵。」

換上北方大地造型的白夜先生用閉合的摺扇前端指向我。

我心頭一震。被他點名讓我覺得準沒好事。

「我有點『差事』想麻煩妳跟小老闆跑一趟。」

「差事？」

「沒錯。我會在航行途中請你們下船，先有個心理準備。」

「咦？在這冰天雪地之中要把我丟下船？」

白夜先生到底有多冷血……

還以為上次在妖都窺見了他內心的些許溫柔與人情味，結果還是老樣子。

現在的他一臉嚴肅，似乎比身處會計部時還更緊繃。

我們所要前往的目的地，是北方大地八葉的據點——冰里城。

想必他是做好了心理準備，接下來將需要面對各種政治角力吧。

「葵，妳知道嗎？北方大地的首長，原本是一國的君王這件事。」

「君王？這是什麼意思？隱世之王不是妖王才對嗎？」

「這是在隱世受現今妖王家統治之前的事了。這片土地獨自封閉於冰天雪地之中，被高山峻嶺所包圍，過往曾有一段漫長的時間自成一國，構築出獨有的文化。」

「所以才會說北方大地在八葉中的立場比較特殊，不受妖都宮廷的勢力所影響？」

「妖王的權威在這裡難以伸張也是出於此因吧。這也代表著對於冰人族而言，一族的首領——也就是坐鎮冰里城的『城主』是多麼值得崇敬與效忠的存在。尤其前任族長擁有強大的能力與威望，長久以來治理著北方大地。然而他因病臥床，加上繼任人選遲遲未有下文，所以這裡的治安與經濟也陷入不穩定。」

「這件事……我之前跟大老闆去果園時也曾聽他說過呢。」

我記得當時繼承的紛爭越演越烈，還死了很多候選人，最後由前族長的么孫「清大人」繼任。

為了平定北方大地的紛亂，原本在天神屋當女服務員的春日嫁進清大人家。因為身為文門狸的她是西北大地八葉的孫女，更是在隱世掌握政治大權的右大臣之女。

「雖說目前局勢不穩，但北方大地的八葉所擁有的歷史與地位有著截然不同的高度。如果能取得他們的支持，相當於得到這片土地上所有冰人族當靠山。對我們來說也等於獲得足以與中央抗衡的力量吧。」

白夜先生口中雖然如此說，雙眼卻漸漸低垂。

「不過……看來事情果然不如想像中這麼容易吧。」

「咦？」

一艘空中飛船從山峰的背陽面現身而出。

飛船上高掛著黑色旗幟，上頭有著冰骷髏的圖案。

「那是……北方大地的空賊！」

「空、空賊？」

對面船隻的甲板上確實站著幾個看起來兇神惡煞的大漢，單手持冰劍並且伸舌舔唇，鎖定著眼前的獵物。

「把船上的貨物留下，通通給我滾！」

「那艘最新型的空中飛船也是我們的囊中之物！」

接著他們還提出無理的要求，總覺得讓我回想起以前遇到的那批山賊啊。

這裡的治安果然很差，盜賊橫行，四處為非作歹。

「咿？他們是怎樣？竟然用冰製的大砲對準我們耶！」

「朝十二點鐘方向攻擊！準備就緒！別被區區一群空賊給擊沉了！」

折尾屋大老闆亂丸站在高處，扯開嗓門對自家船員下達指令。

不一會兒，兩船互相展開砲擊。

震耳的砲擊聲響此起彼落，煙硝味四處瀰漫。

「等等！欸欸欸！現在是什麼狀況啊！開戰了？」

「葵小姐，您這樣很危險！請快點蹲下身子！」

在銀次先生挺身掩護之下，我就地蹲了下來。不斷朝我傳來的是陣陣砲擊所引起的衝擊、船身的劇烈搖晃，以及船員們強而有力的吆喝。

蹲低的我什麼也看不見，不過在心中暗想大砲砲彈若是直接擊中我們的船不知道會有什麼下場，便覺得冷汗直流。

「小老闆，這下正好。你就趁著這場騷動帶葵一起離開吧。要是真有個萬一讓她被空賊抓走了，我們可就無顏面對大老闆了。還有……你明白接下來該如何行事吧？」

白夜先生一邊在船板上趴低身軀，一邊朝我們靠近，向銀次先生下達了命令。
「是，我都明白，白夜先生。葵小姐，我們該出發了。」
「偏偏挑這種時候出發？」
「請您坐在我的背上緊緊抓牢！絕不能被甩下去了！」
「咦！哇～～」
銀次先生四周升起煙霧，隨後他幻化為巨大的九尾狐，啣著我的衣領輕而易舉將我拋往背上。接著他從船上飛奔而出，宛若一道銀色的流星。
「有人逃走啦！」
「追上去！一個也不能放過！」
我聽見粗暴的妖怪空賊們發出吆喝，但仍緊閉著雙眼，光是顧著抓牢銀次先生就讓我夠分身乏術了。
同時我也發現自己雖然被埋沒在積雪飛揚所形成的迷霧之中，卻一點都不覺得冷。北方大地的禦寒裝備果然擁有優秀的性能呢……我暗自感到一陣佩服。
巨大的九尾狐劃過冬日的寒風，穿越冷杉林。
我一路上緊緊抓住他的背，確保自己不會摔下來。

砲擊聲在此刻也早已遠去。一開始追趕我們的那群空賊手下，似乎也徹底被我們甩開了。銀次先生奔馳的速度宛若流星，一瞬間已跑了這麼遠。

「葵小姐，您耳朵應該很冷吧？我想還是戴上帽子比較好。」

「啊，都忘記這東西的存在了。」

我身穿的北方大地民族服裝，領子上就有毛茸茸的皮草連帽，我急忙套上自己的頭。多虧當地的特殊服裝讓身軀免於受寒，不過唯獨臉蛋裸露在外接觸冷風，冷得幾乎快凍僵了。一路跟著我過來的小不點從口袋中跳了出來，說了句：「狐狸先生滴尾巴裡最舒服惹～」一個人偷偷鑽進舒服的地方取暖。

「欸，銀次先生。折尾屋的飛船不會有事吧？會不會在空賊的攻擊下被擊沉……」

「不，我想不至於吧。折尾屋的青蘭丸號擁有相當強悍的戰鬥力，區區空賊的攻擊是不會得逞的。」

他用巨獸的雙眼瞥向忐忑不安的我，接著繼續說：

「我們事先已經預想到會有這種狀況，在第一時間也做出了對應。我想船隻應該有順利避開致命性的傷害才是。說起來剛才那波攻擊的本意也並非認真想擊沉我們，而是比較接近威嚇性質。」

「果然……北方大地現在只能任由那些狐群狗黨四處作亂呢。」

「是呀。統治者只要不夠有力，那些不肖之徒自然就會恣意出沒。不過請您放心，折尾屋的飛船應該依照原定計畫，繼續朝著冰里城航行。甚至已經捉拿那幫空賊，當成伴手禮交給冰里城的八葉也說不定。」

「啊哈哈。如果是亂丸跟白夜先生的話……的確有可能。」

「我認為那兩位雖然個性看似天差地遠，其實應該意氣相投呢……說不上來是什麼原因。」

呃，嗯。我的確也有同感。

有他們兩個在，折尾屋的飛船看來不會有大礙。

現在我開始好奇的是，那我們的目的地又是何處？針葉林中陽光昏暗，奔馳而過的景色看起來永遠都一樣，我完全沒有頭緒前方究竟是哪裡。

「話說回來，銀次先生，白夜先生託付我們的差事到底是什麼？」

「他有封書函急需我們遞送。」

「書函？指的是信嗎？」

「是的。我們要親自送上的收件人，就位於接下來抵達的目的地。」

然而銀次先生的說明僅止於此，並沒有告訴我更詳細的資訊。

看來應該是相當重大的要事，於是我也不再多過問內容。

「我們要去的目的地是哪裡？」

「是一座地底街道。由於這裡是雪國，地表上一整年中有一半的時間都被籠罩於冰雪之中，所以地底街道相當發達。這些街道與北方大地中心區域相連，我想我們從那裡動身前往城裡也很方便。聽說只要穿過這片樹林就能抵達入口了。」

正如銀次先生所說，地底街道的入口就在樹林出口處的一座小塔上。

據說這種小塔在北方大地這裡是一種路標，代表此處有地底街道的出入口。

銀次先生從巨大的九尾狐幻化為平時的人類造型，並從懷裡掏出狐狸面具遞給我說道：「請您戴上這個。」

「葵小姐的人類身分要是被發現就不妙了，很抱歉讓您將就使用我的面具……」

「不會，謝謝你。比起猙獰的鬼面具，狐狸還可愛多了。」

「呵呵，這點的確沒錯……不過我這樣好像對大老闆有點失敬。」

我們接著進入塔內，沿著通往地底的迴旋樓梯深入下方。

不一會兒之後，我們來到沿路設置著昏暗路燈的地底街道。

一路上不時能看見零星的妖怪身穿外褂並套著帽子，但是說不上熱鬧。他們的臉上因為陰影而看不清表情，也沒有任何人大聲喧譁，安靜得令人毛骨悚然。

地底街道是一條漫長的隧道，途中分出許多岔路，能通往不同的目的地，沿路都設有出入口。

不過話說回來，能感受到很強烈的視線呢。

「剛才在戶外一點人煙也沒有，原來地底還是有妖怪居民存在啊。雖然他們直盯著我們這裡看，感覺不是很友善。」

「因為我們散發出外人的氣息吧。雖然身上穿著北方大地的傳統服裝，但我們畢竟不是冰人族。」

銀次先生為了替我擋住那些冰人族的視線而往前一站，並且低聲告訴我：「請別離開我身邊喔。」

抬頭望向銀次先生的臉龐，他凜然的神情非常可靠，簡直令我看得入迷。

「北方大地的居民在漫長歷史中為了避寒而持續開闢地底街道，已經行之有年。畢竟比起在戶外移動，地底相對暖和多了。來到現今，地底街道似乎已經發展到像蟻穴一般，以冰里城為中心密布於整片地底。聽說其規模甚至超越妖都地底層二十倍之廣。」

「哇～真厲害耶。不過妖都那邊還有建造地下的山葵農園之類的，有點不一樣呢。」

「是的，然而北方大地這裡的地底城鎮的機能並不如妖都。目前這一區還算好了，越遠離冰里城的區域越貧困，聽說已演變為貧民區。而且還有眾多山間村落尚未開闢地底街道，我們平日難以見到的一些少數民族仍維持著原始的生活方式。」

「說到這，阿涼也是出身自北方大地呢。」

我記得她好像說過自己出身清寒，本來到人家家裡當傭工，在因緣際會之下來到天神屋工作的樣子。

在這裡所見的居民，全都擁有冷白色的頭髮與肌膚，充滿冰人族的典型特徵。

果然看起來跟阿涼莫名有幾分神似。

「奇怪，這是……鐵道？」

我環顧著四周環境，結果在街道中央發現類似鐵道的線路，是由冰塊打造而成，不知道是什麼交通工具的運行軌道。

銀次先生站在大型看板前不知在查看些什麼，於是我趕緊走往他身邊。看板上寫著目的地與時間等資訊，這才讓我恍然大悟。

「這裡……難不成是車站？剛才我看到了類似鐵路的軌道。」

「是的。由冰里城所管轄的小火車將會運行此地。我們趁今天把要緊事辦妥後，明天就搭乘這小火車前往冰里城吧。到了那邊就能與白夜先生他們順利會合吧。」

他大致確認了小火車的運行班次後，便拉著我的手快步退開。因為後方正站著一名個頭高大的雪男，猛盯著我們看。

銀次先生用外褂上的連帽蓋住頭，不發一語地繼續拉著我前行。

然而走到一半，他似乎才發現自己還沒放開我的手。

「啊！抱歉，葵小姐。」

銀次先生猛然鬆開手，他顯得有些慌張失措。

「沒關係。你是替我戒備著周遭狀況吧？我都明白啦。」

「……您不害怕嗎？身處在這麼昏暗的地方。」

「畢竟是陌生的異地，是有點緊張沒錯，但是不怎麼害怕呢。因為還有銀次先生在啊。況且白夜先生特地派我跟你一起來到這裡，我想就是代表著要我先好好認識北方大地的面貌吧。」

銀次先生露出淺淺的微笑，點了點頭。

接著我們繼續在這地底街道上徒步前進，從其中一個出入口踏入直通的民宿。

招牌上寫著「鹿部庵」三個字。

「就是這裡。書函的收件對象應該正留宿於此。」

這間地下旅館沒有任何窗戶，散發有別於天神屋或折尾屋的特殊氛圍。

館內相當老舊並且寂靜，幾乎沒什麼負責接待房客的員工，只有櫃檯坐著一位態度冷淡的中年雪女。

這位中年雪女用沒好氣的口吻說：「真難得有年輕的妖狐夫婦上門呢。」

銀次先生並未特別否定，只是清了清喉嚨說：

「可以住宿一晚嗎？」

「一間房的話是沒問題，我們旅館總共也只有兩間客房。晚餐吃什麼都行嗎？」

「嗯……」

「先付清住宿費喔，才能給你們客房鑰匙。」

銀次先生從懷裡掏出錢包付帳後，雪女掌櫃便從櫃檯下方拿出鑰匙給我們。

她並未幫忙帶路，我們便自行前向客房。

房裡雖然有點霉味，不過設有以鬼火加熱的暖爐，於是我們馬上打開開關。

「呼……總算能稍微安心了。」

「呃，那個……這間房就給葵小姐您使用吧。」

「咦？那銀次先生你要住哪裡？」

不過，被銀次先生這麼一說，我才發現到房裡只有一張床。而且看得出來他臉上的表情略顯尷尬。

「銀次先生，我明白你是為我有所顧慮，但在這冰天雪地，我怎麼可能把你趕出去啊。我不介意跟你同房啦。」

「這……這可不行，萬萬不行！」

銀次先生猛搖了搖頭。

「那不然你變成小狐狸呢？如果你改以小狐狸的外型示人，我覺得完全沒問題。不然變成小孩子或是女生也行。」

「喔喔……還有這招……」

銀次先生差一點就被我說服，但重新思考之後還是回絕：「這樣不行。」他在我面前用雙手比出大大的叉，明確地拒絕我。

嗯……他這個人還真是一板一眼耶。

「請您無需擔心，我會去對方房裡借住一晚。」

「對方是指……」

就在銀次先生準備離開之際，房門頓時敞開，一個人影從走廊端探頭往房裡窺探。
對方臉上原本戴著狐狸面具，但他隨即摘下，露出討喜的笑臉。
「辛苦兩位啦，小老闆還有葵小姐。」
「啊！千秋先生？」
他就是經常出沒在天神屋玄關處的狸妖，門房長千秋先生。
「千秋，快進來吧。」
銀次先生讓千秋先生進入房內，確認走廊外沒人之後關上房門。
「千秋，讓你大老遠跑來這裡真是辛苦了。」
「不會，小老闆您才是。話說，約定好的東西……」
「是……就在這裡。」
銀次先生從懷裡取出密封的信封。
信封的厚度看起來頗具分量，裡頭似乎裝了信件以外的東西……
「千秋，就拜託你將此平安送往文門大地了。」
「嗯嗯，我明白。身為院長的家母與右大臣的兄長都說過，八葉制度的存續與大老闆的留任都是方向一致的目標。接下來只剩擬定策略，避免讓隱世輿論倒向廢除八葉制了。」
「為此所需要的正是北方大地的支持，是吧。」
「我聽春日說，冰里城已得知這次的騷動，擁有八葉頭銜的城主清大人也許願意視條件決定是否加入我方陣營。總之重點就在於我們能否滿足他的條件囉。年紀還輕的清大人才剛接任八葉，似乎正為孤立無援的立場與背負的重責大任所苦。」

此時，房門傳來叩叩的敲擊聲。

銀次先生與千秋先生兩人中斷談話，小心翼翼地打開房門。

「噢，原來你們彼此認識呀？那晚餐就一道準備啦。」

是剛才坐在櫃檯的中年雪女。

她還是一樣沒什麼服務業的精神，不過對於我們倆跟千秋先生共處一室這件事似乎知情，並沒特別起疑的樣子。

「不好意思，女掌櫃，有些事情想拜託妳可以嗎？」

千秋先生露出討喜的笑容，並將雙手合十。

「……好吧，如果是你的請求，我是可以聽聽。」

剛才還很冷淡的女掌櫃，心情似乎突然變得有點好。

他們倆是不是原本就認識呢？

千秋先生果然很受女性歡迎呢，在天神屋內也一樣……

「晚飯我幫你們送到隔壁房，十分鐘之後過來吧。」

女掌櫃留下這番話，便關上房門離去。

「請放心，鹿部庵的女掌櫃與文門狸一族有深交，這間旅館同時也是分駐各地的狸妖們交換資訊的情報站。」

「原來如此，所以你才指定在這裡碰面嗎？不過話說回來，文門狸的情報網可真不容小覷呢，竟然還擁有這樣的據點。」

「……畢竟情報對我們而言就是生存工具呀。」

接著千秋先生注意到從剛才就一屁股坐在床上放空的我。

「葵小姐，您肚子餓了吧？這間旅館能嘗到北方大地的料理唷。」

「咦！真的嗎？」

「葵小姐一聽到吃的就立刻精神百倍呢。」

「那當然啦，銀次先生，我都已經餓到前胸貼後背了。」

剛才為了不妨礙他們討論正事，所以我老實安靜地坐著，同時還提心吊膽地深怕自己肚子咕嚕叫。

十分鐘之後我們往隔壁房移動。房裡地板上有座挖空式的老舊暖爐桌，桌上擺著形狀像頭盔的鐵板。

除此之外還擺了大型的甕，裡頭裝滿用醬汁醃漬的肉，此外還精心準備了分量驚人的豆芽菜、洋蔥與紅蘿蔔等蔬菜。

「難道這是要……吃烤肉？」

「沒錯。就是所謂的成吉思汗烤肉。」

「成吉思汗烤肉？」

也就是使用羊肉的鐵板烤肉。

這道菜在日本也是享有盛名的北海道地方料理，原來在隱世的北方大地也能吃到呢。

「其實我呀，還沒吃過成吉思汗烤肉。」

「噢？竟然有葵小姐未曾嘗過的料理，這可真稀奇。」

銀次先生顯得很訝異，但是我當然也會有幾樣沒吃過的東西。

「因為爺爺他最怕的就是羊肉了。」

「喔喔，原來如此。因為羊肉帶有些許特殊的騷味嘛。」

「不過這裡的甕漬羊肉吃起來很順口唷。因為選用了北方大地這裡吃雪長大的『雪羊』肉，並搭配薑與醬油等調味料醃漬出絕佳的風味。」

聽了千秋先生的這番介紹，讓我更加迫不及待。

事不宜遲，我們這三個難得湊在一起的組合開始進行成吉思汗烤肉。

頭盔形狀的鐵板已經用妖火徹底預熱完畢，似乎是要把甕漬羊肉貼在中央隆起的鐵板表面燒烤，下方平坦處則鋪上豆芽菜等蔬菜加熱。

「北方大地這裡每到冬天，蔬菜的價格就會飆漲，所以只能吃豆芽菜。」

「……這裡很難弄到蔬菜嗎？」

「在冬季期間，這裡的地表之上幾乎被冰雪所掩蓋，所以被認為是不宜農耕的土地。不過夏季期間氣候比其他各地涼爽，能利用此時宜人的氣溫來施行農作。聽說目前也正努力開發能運用冬季低溫來栽培的方法。另外，這裡的食物保存技術發達，罐裝與瓶裝等加工製品也相當豐富。」

銀次先生為我說明這裡的產業狀況，千秋先生則接著繼續補充：

「北方大地利用廣大的農地種植馬鈴薯，出產量位居全隱世之首。不過今年收成狀況似乎不太好，幸好乳業仍然維持良好產量，特別是起司的需求量持續攀升中。起司在隱世原本就有發展的潛力，加上天神屋的地獄饅頭所引起的熱潮，所以才讓各地商人爭相搶購一空吧。某方面來說，這也是葵小姐您的功勞呢。」

「唉……該慶幸自己有這種影響力嗎？啊，已經可以吃囉。」

烤肉的香氣伴隨滋滋聲飄了過來，讓飢腸轆轆的我們難以再忍耐，於是暫時中止討論嚴肅的話題，陶醉地享受成吉思汗烤肉。

「噢噢……原來成吉思汗烤肉吃起來是這樣的滋味啊。」

「還合您的口味嗎？」

「嗯嗯！雖然是有股特殊的肉騷味，但穿過鼻腔時的風味與苦澀別具一番特色呢。實際吃過之後才發現跟牛、豬肉截然不同。」

沒錯，在經過反覆地咀嚼品味之後，我終於體會到羊肉的獨特風味。

能夠理解這樣的味道並非所有人都能接受，不過我可能算喜歡吧。

「最重要的是醃肉的調味醬特別美味呢。有薑、醬油、蘋果跟洋蔥……還有參雜什麼材料嗎？不知道配方比例是怎麼抓的。」

甕裡還積著大量的醃漬醬汁。

我試著從氣味來判斷，仍然無法分析出所有材料，這就是所謂的祕傳配方吧。

「我之前也曾經請教過女掌櫃，但她說這是商業機密，不肯透露給我呢。我每次來這邊都一定會吃。」

「既然連葵小姐也猜不出來，也許是北方大地這裡特有的材料也說不定。」

千秋先生與銀次先生從剛才就大口享用著以鐵板燒烤好的成吉思汗烤肉。

把用來醃肉的醬汁加上豆芽菜與洋蔥一起拌炒，滋味更是一絕。

「嗯！光顧著吃肉，差點都忘了。這些又是什麼呀？」

擺在桌上的大盤子裡，層層疊著某些不知名的薄片狀物體。

看起來就像煎好的可麗餅餅皮……

「這是用米粉和水之後煎出的餅皮唷。把肉跟蔬菜放在上頭捲起來吃，是北方大地這裡的習慣。」

「哇～感覺很好吃！」

「說到這才想到，聽說這裡也有許多使用米粉和麵粉製成的料理呢。」

「沒錯～也有類似麵包的食物。因為北方大地在整個隱世中算是當地特有文化保留得特別完整的土地。啊，小老闆，像這樣捲起來比較方便入口唷。由下往上折起來這樣。」

銀次先生在千秋先生的指導之下，馬上用米粉做成的餅皮包起成吉思汗烤肉。

我也有樣學樣，三兩下就把肉包進餅皮內。

這餅皮雖然薄，但具有一定的彈性與韌度，拿來包烤肉與蔬菜也不會破掉。

捲成可麗餅的形狀之後，我迫不及待地大口咬下。

麵皮本身幾乎沒什麼味道，但由於裡頭包的烤肉醬汁口味偏重，所以搭起來反而很順口，或者應該說有這餅皮就不需要配白米飯了。

人生首次的成吉思汗烤肉體驗，著實大飽了一頓口福。

「呼……吃得好飽，滿足滿足！」

「偶爾像這樣大家圍在鐵板前聚餐也不錯呢。」

「不過要是能配杯美酒的話就更完美了。」

千秋先生不知道是開玩笑還是認真的，邊苦笑邊站起身。

「那我差不多該啟程囉。」

「咦！這麼晚了耶？」

「晚上才好呀。葵小姐可能已經忘了吧，不過晚上才是妖怪最活躍的時段喔。」

「你、你不說我差點忘了。」

「不過葵小姐和小老闆經過一路奔波應該很累了，今天就請兩位先行休息吧。啊，小老闆，您可以使用我的客房沒問題唷。要跟大老闆的未婚妻同房這種事情，一板一眼的您想必是不可能同意的吧。依您的個性，寧願躺在冷颼颼的走廊上睡覺我都不意外。」

在千秋先生的一番調侃之下，銀次先生的臉頰微泛紅暈。他清了清喉嚨，似乎試圖掩飾什麼。剛才還一臉賊笑的千秋先生，此刻突然換上嚴肅的神情。

「還有……如果我猜得沒錯，文門狸那邊應該近日就會有明顯的動作。」

「明顯的動作？」

「是的。當務之急是讓清大人與春日攜手合作，並肩面對難關才行。」

「……」

「葵小姐，還請您幫春日一把。那小子很聰明懂事，所以有時反而會把真心話都往肚裡藏。」

千秋先生面對我留下這番請求，並且深深低頭致意。

接著他抓起眼前的水杯一飲而盡，便一鼓作氣地離開房內。

眨眼間他已做好出門的準備，離開這間鹿部庵了。

「千秋先生似乎一刻不得閒呢。」

「……這次的任務有點為難他了。雖然他表現得精神奕奕，但我想實際上應該勞心又費神吧。只求他一路平安。」

從銀次先生憂心忡忡的語氣中，我能體察到千秋先生這次擔任的角色與背負的責任究竟有多重要。

所有人都以自己的方式開始動作，一致的目的就是協助大老闆脫困。

我也不例外，從明天開始必須繃緊神經，在能力範圍內盡自己的本分。

因為我早已下定決心，要竭盡所能成為大家的後援。

第二話 冰雪洗禮

來到隔天，我跟銀次先生起了個大早，從鹿部庵出發。

「從這裡到冰里城……咦！要五小時？沒想到挺花時間耶。」

「相較於乘坐空中飛船，搭火車確實慢了些，不過在這裡走陸路安全多了。我們要搭乘的雖然只是小火車，但聽說車廂坐起來相當舒適。不過可能比不上現世的電車就是了。」

銀次先生口中的小火車正好在此刻進站。

這小火車似乎是由數個大木櫃相連而成，依靠雪之靈力來運行。

雖說是大木櫃，其實設有車頂與車窗。

我們買好車票後便搭上這班小火車。垂掛在車廂內的妖火吊燈，散發淡淡的光芒照亮了內部空間。地上還鋪了毛茸茸的地毯，並堆疊了好幾個圖樣華麗的靠枕。車上的乘客都各自找一塊舒適的空位隨地而坐。

我們也一樣將身子埋進靠枕之中，好好休息放鬆。

列車再次啟動，緩緩朝著冰里城出發。

小火車行駛時相當平穩，幾乎不會產生顛簸，乘坐起來意外舒服。

「葵小姐，我滴肚子已經餓得咕嚕叫惹～」

小不點從我身穿的外褂口袋內探出身子，跳到地毯上開始喊餓。

「你昨天晚上一睡不醒，所以晚餐什麼都沒吃呢。」

「天氣一冷就愛睏～差點進入冬眠惹～」

「河童也會冬眠嗎？啊，對了。離開鹿部庵前從女掌櫃那收到烤飯糰，就拿這充當早飯填填胃吧。」

「就在這裡享用吧，葵小姐。車廂內可以自由飲食。」

放眼望去，乘客們的確也都吃著便當，或是喝著自己帶上車的飲料。於是我們也開始在小火車上享用早餐。

打開今早收到的便當盒，裡頭裝了滿滿的烤飯糰。飯糰還用烤過的海苔簡單包起來，好方便拿在手上吃，實在令人感激。

「看起來很不錯呢。」

「每顆飯糰都好大顆，也許有包內餡。」

飯糰表面塗了用味噌與醬油調配的甜鹹醬汁，並且炙烤過。

咬下一口，一股新奇的顆粒口感令我相當吃驚，仔細一看才發現裡面似乎包了炙烤鱈魚子。

「好好吃！竟然是一整片炙烤鱈魚子，用料太大方了！」

「我這顆則是包了鮭魚鬆。魚肉沒有徹底搗碎，保留了原本的口感，吃起來相當過癮呢。」

這麼豪華的用料，就算捏成一般的飯糰肯定也很美味吧。更何況還使出了火烤這一招，實在太犯規了。

光是放涼吃就相當美味，要是淋上熱騰騰的高湯做成湯泡飯感覺也很棒……一邊把飯搗碎一邊享用……

「啊～～葵小姐～～我也要我也要～」

「啊，抱歉呀小不點，差點忘了你的份。」

「太過分惹～」

被遺忘的小不點氣得面紅耳赤。

我馬上也遞給他一顆烤飯糰，他一股勁兒地飛撲到比自己還巨大的飯糰上，大口一咬。

嗯？小不點的那顆飯糰……仔細一看才發現是蟹肉炊飯？

撥成絲的蟹肉加上高湯炊煮而成的炊飯。

真羨慕……這肯定好吃的啊……

「欸，銀次先生。北方大地這裡是不是有許多美味的物產啊？」

「沒錯，葵小姐您說得對。乳製品就不用多說了，由於這裡面臨北海，所以還有許多得天獨厚的豐富海味。只要用心發掘，就會知道這裡是塊寶地。再加上冰人族在製造技能相當自豪，食衣住行各方面都孕育出自己的一套優秀技術。被列為隱世遺產的冰里城也是由先進的建築技術所打造的，那可是非常壯觀的建築喔，完全無法想像是久遠以前的古蹟。」

「是喔……隱世遺產……」

大概是類似世界遺產的概念？

據銀次先生所言，北方大地坐擁無數古代遺跡，年代全都早於妖王統一隱世，是相當具有歷史意義的知名景點。

「在日本的話，擁有世界遺產的地區都會發展成觀光名勝，北方大地這裡卻沒有觀光客嗎？」

「這裡以前曾經是相當受歡迎的避暑勝地，然而在治安日漸惡化之下，觀光人潮也大幅縮減。現在接任八葉的清大人與嫁過來的春日正背負著重振北方大地的重責大任……我想他們應該相當頭疼吧。」

「……這樣啊。」

我回想起千秋先生昨天的那番話。

他說希望我能助春日一臂之力……

耳邊不時傳來陣陣清脆的高音，就像是冰塊與什麼東西摩擦發出的聲響。這悅耳的聲音，讓我彷彿一闔眼就能進入夢鄉。

我搖了搖頭，拋了另一個話題給銀次先生。

「欸，銀次先生。天神屋目前狀況如何？」

銀次先生朝我瞄了一眼之後回答：

「天神屋目前在部分限制下繼續營業，並且等候大老闆的歸來。身為大掌櫃的曉努力維持著營運，館內現在正以他為中心運作。」

他緩緩地說著，只告訴我明確的事實。

「人手不足的問題很嚴重，所以目前決定到年底為止先暫停平日住宿服務，僅提供晚間宴會與溫泉設施。在這樣的狀態下，夕顏也得以順勢暫時歇業。」

「……這樣啊。」

銀次先生似乎發現了我內心的些微動搖，露出了淺淺的微笑說：

「葵小姐，請您放心。我明白您因為夕顏遲遲無法重啟運作而感到焦慮，不過愛小姐似乎將店裡打理得很好，況且這場戰役的一部分也是為了保衛夕顏。雷獸要是成了天神屋的大老闆，沒人知道這家店的下場將會如何。沒什麼好擔心的，我們妖怪壽命這麼長，只不過休息一兩個月的時間，夕顏這間店還不至於輕易就被大家遺忘。」

「呵呵……銀次先生，謝謝你。」

他查覺到我內心的不安，所以特地如此為我打氣。銀次先生總是這麼溫柔體貼。

我們暫時結束對話。在搖晃的路程中，我思考了許多事情。

為了救出大老闆，天神屋上上下下都竭盡全力。

留在空中飛船上遭受攻擊的白夜先生、佐助、還有亂丸他們，不知現在還好嗎？

而大老闆他……應該沒有獨自忍耐著孤獨與飢餓吧……

「咦？銀次先生……睡著了？」

回過神來才發現銀次先生已靠著背後的靠枕，閉上眼睛休息。

他的睡臉天真無邪，卻又隱約流露出疲倦。

自從大老闆下落不明以來，銀次先生一直身兼二職。

然而他卻從未喊過累，還替我著想這麼多……

「銀次先生，一直以來多謝你了。」

我用微弱的音量對他說。雖然他也許根本沒聽見。

好了，那麼我也來小睡一會兒吧。

在列車安穩的行駛音之中，我閉上雙眼。

身體沒入柔軟的靠枕之中，陷入假寐的我好像聽見遠方傳來某人呼喚的聲音。

結束了漫長的小火車之旅，我們踏上地面，看見巨大的冰城就聳立在眼前。

「哇～～這就是冰里城……好美～」

很有趣的是這座冰城的設計與日本古城完全不同，和妖都的王宮建築也不太一樣。連綿的尖塔型屋頂看起來和西方城堡有幾分相似，當然也並非完全屬於西式風格，還是保留了許多和風的元素。

之前就曾聽說北方大地這裡的文化有別於隱世其他土地，果真沒錯。這是我頭一次在隱世見到這樣的建築。

簡直就像童話故事裡會出現的城堡。

「不過，我們該如何進城……」

冰里城周圍被高高豎立的冰雪城牆所包圍，要進入城內只能穿過正門，但是我們卻不得其門而入。

原本試圖報上身分，提出求見北方大地八葉的要求，但我們只不過靠近正門，就被眼神冷酷的守衛們拿著冰製的長槍阻擋並且驅趕。

本來以為白夜先生要是早一步抵達，應該有先知會我們要來的消息吧？可是……難不成折尾屋的飛船還沒抵達冰里城？

「總覺得讓我回想起上次潛入妖都宮殿的事情呢。這次也要偷偷潛入嗎？」

「這……我想這次實在不妥。」

我和銀次先生在角落竊竊私語地討論。

城堡外圍的城下町雖然是市區卻沒什麼人煙，相當冷清又閑靜。

據說大多數人家都設有通往地底街道的出入口，利用通道去地底街道的市場採買或是做生意，所以幾乎不會踏出戶外的樣子。

在路上頂多只會看見負責剷雪的妖怪與除雪車偶爾經過而已。

不過有好幾座雪人零星佇立在路邊，看來還是有小朋友會到戶外玩耍吧。

「葵小姐！小老闆！」

「！」

就在這一刻。

過去早已聽習慣的熟悉聲音，讓我們倆猛然轉過頭去。

眼前是一位穿著厚實皮草外褂，用帽子套住頭的少女，有著圓圓的臉蛋與一對垂眼。

「妳、妳……這聲音……難道是……」

「嗯，就是我啦！小葵！」

少女摘下帽子，露出可愛的狸貓耳朵，對我們一笑。

「春日！妳怎麼會出現在這裡！」

「這什麼問題，我就嫁來北方大地了呀。我從城堡窗外看見妳和小老闆被趕走，所以急忙趕過來了……呃，哇！」

我一把抱住許久未見的她。

原先的確在內心期待著，來到這裡也許有機會見到春日，但沒料到竟然這麼早就能聽見她的聲音，並且見到本人。

「好久不見，春日。能見到妳真是太好了！」

「小葵……嗯，我也好開心。」

春日也緊緊回抱住我。過去在天神屋，她也是第一個親切向我搭話的女孩。聰慧的她馬上就猜到我們目前的困境。

「你們倆進不來對吧？」

「是的，我們想求見身為八葉的清大人，但是……」

「欸，春日，折尾屋的船隻還沒抵達嗎？會不會真的在路上被空賊抓走了？」

銀次先生與我一臉慌張失措，春日回了句「原來如此」，露出打著壞主意的臉色。

「既然這樣，我來帶你們進入冰里城吧。」

叮鈴……

春日從胸口掏出一片薄薄的冰片，一陣微弱的鈴聲隨時響起。

這冰片似乎是冰里城的通行證，春日在上頭的繫繩掛了以前阿涼隨身攜帶的冰鈴鐺。

阿涼果然在春日離開天神屋時把這個鈴鐺送給她……

春日在守衛面前出示通行證，對方便惶恐地低頭行禮：「少夫人，歡迎回來。」然而面對我和銀次先生卻採取嚴厲的態度，仍然拒絕我們入城。

「這兩位是來自天神屋的客人。昨天折尾屋的飛船不是被邀請入城了嗎？那時候阿清應該也下達了許可，准許天神屋的使者入城才是。」

「但是……也沒任何證據能證明這兩位就是天神屋的人。」

「我就是證據，我可是天神屋的前員工。」

守衛的表情看起來相當漠然，簡直就像是在懷疑春日，不過最後還是遵從她的意思，放我們入內。

我和銀次先生都對於春日的強硬態度感到些許訝異。

因為這跟過去在天神屋當基層員工的她判若兩人。

「欸，春日，折尾屋的飛船原來已經到達了是嗎？」

「嗯，昨天就來到冰里城囉。」

「真是太好了！不過既然如此，為何剛才又驅趕我們呢？」

「小老闆，這裡的居民就是疑心病重。這可以算是他們的優點，同時也是缺點。畢竟聽說直到阿清接任八葉以前，冰里城這兒都為了繼任人選而引發各種爭權奪位的鬥爭。加上我這種非冰人族的外人嫁進來，目前還沒完全取得他們的信任呢。真是難做人……」

春日刻意擺出一副受不了的無奈態度，卻讓我感到一絲不安。

因為總覺得……她好像消瘦了一些。

在這冰天雪地裡要適應不習慣的飲食與生活，還要面對周遭的敵意，勞心傷神也是理所當然的。

但我原本是希望春日能有幸福的未來，才目送她離開天神屋的。

然而現在的她真的幸福嗎？我並不太清楚。

「哇……城裡的氣氛更莊嚴了呢。」

巨大的城堡是運用一種永不融化的冰作為建材所打造而成。

這裡正是北方大地八葉的據點——「冰里城」。

這座建築是遠古冰人族的智慧結晶，也是來到北方才能一睹的建築風格。

仰頭一看，微弱的陽光從剔透的冰晶天花板直穿而入，反射在列於大廊兩端的冰雕像上，營造出昏暗卻又莊嚴的美妙空間。

「請問……春日小姐，我們真的可以進來嗎？城內人們的視線讓我覺得好不自在。」

「沒問題啦，小老闆。兩位的入城許可早就下來了。來，這裡就是接見廳。冰人組首長，也就是冰里城城主阿清就在裡頭。」

春日將我們帶到這座大廳前，一位戴著眼罩，頭髮全往後梳的高大冰人族男性驅步上前。

「春日大人，請留步。」

他用嚴厲的口氣制止春日，站在前方用身軀擋住入口大門。

對方的姿態就像是一位軍人。

「春日大人，您才大病初癒就外出了對吧？在下應該已多次提醒過您別隨意出城。」

「可是啊，雷薩庫，我就看見他們來了嘛。這兩位可是在天神屋對我百般照顧的恩人。我不去把貴客請入城，他們就要受寒啦。」

「……」

對方壓低了單眼質疑著春日，一轉過來看向我跟銀次先生時又露出了更加嚴峻的表情。

「就當兩位是天神屋的客人吧。我是負責服侍冰里城城主清大人的隨從，名叫雷薩庫。不過清大人目前有別的要事在身，請先移駕別間房稍候……」

然而，就在此時——

「沒關係，沒有這個必要。」

原先被這位叫雷薩庫的侍從所擋住的冰門，緩緩敞開。

無數妖火聚集於大廳裡的天花板正中央，形成類似水晶吊燈的裝置，將內部空間映照得熠熠生輝。

大廳深處站著一位身穿拖地長外褂的少年，頭上戴的帽子垂掛著兩條長長的裝飾繩，手上還握著權杖。

那位少年用平靜的視線看著我們說：

「初次見面，來自天神屋的貴客。我名叫清，身兼北方大地八葉與冰里城城主。歡迎兩位來到此地。」

他露出溫和的微笑，將手覆上胸口恭敬地對我們行禮。

外貌年齡大約落在十五歲上下的他，擁有柔軟的身段與沉穩溫和的聲調，總覺得氛圍有別於我們至今所遇見的當地人。

應該說少了那種渾身帶刺的敵意。

「幸會幸會，冰里城城主清大人。我名為銀次，是天神屋的小老闆。而這位則是天神屋的……」

銀次先生正打算順道介紹我的存在，然而清大人卻先點頭回應：「嗯嗯。」

「我知道，妳就是津場木葵小姐沒錯吧。是那位津場木史郎的孫女，也是天神屋大老闆的未婚妻。」

「呃，也不是未婚妻吧……應該說是債務的擔保品？」

不對，現在可沒空支支吾吾說這些無關緊要的事情。

眼前這位少年正是這座冰里城的城主，也是北方大地的八葉。也代表著他在這隱世是地位顯赫的妖怪，可與大老闆平起平坐。

「請問，昨天乘坐折尾屋空中飛船而來的那些人，後來怎麼了呢？」

由於未見到白夜先生與亂丸現身於此，於是銀次先生小心翼翼地提出疑問。

「請放心，折尾屋的飛船已經平安抵達此地。他們協助捉拿了名為『兔火地團』的空賊集團並且移送給我們。那幫分子已經讓我們頭疼許久了……」

清大人的視線突然往旁邊一瞥，因為一陣粗聲粗氣的談話聲傳了過來。

「啊～總算復活啦！原本每天住在溫泉旅館裡，只不過幾天沒泡到溫泉就覺得彷彿身處地獄般煎熬呀。」

「說得沒錯，我跟你雖然基本上水火不相容，但這句話我很同意。」

是亂丸與白夜先生。這兩人不知為何以暖呼呼的剛出浴造型，大搖大擺地現身於這間大廳內。

「啊，銀次和小丫頭也來啦。」

「一路舟車勞頓，辛苦你們了。」

接著他們倆過來拍了拍我們的肩膀，這算什麼啊？

「暫、暫停一下！這是怎麼回事？為何白夜先生和亂丸一副剛泡完溫泉暖呼呼的模樣，這麼悠哉？」

「……」

他們互望彼此的臉，相視而笑。

「好啦，別這麼氣呼呼的啦，小丫頭。臉蛋都變醜了。」

「妳也獲得了難能可貴的經驗吧？俗話說愛孩子就要讓他出門經風雨見世面呀。反正妳一路上也吃到了北方的在地美食吧？」

「啥？」

嗯……這話是沒錯啦，的確享用了成吉思汗烤肉……

「別擔心，我們已經趁昨天完成會談與交易了。」

「……咦？」

我一臉問號地轉頭望向清大人尋求答案，他再度露出溫和的笑容向我點頭。

「我們北方大地打算全面協助天神屋與折尾屋，夜行會中的投票表決一事請安心交給我們吧。」

這番話雖然讓我放下胸口的大石，但事情進展過於順利，我不禁有點茫然若失。

「不過……」清大人收起放鬆的表情，繼續接著說：

「我方也提出了相對的條件，那就是——要請你們協助振興北方人地，讓這裡重新成為觀光區……若沒有天神屋與折尾屋的協助，這個目標將會是天方夜譚。」

就歷史性來說，北方大地保留了多數珍貴且稀有的古代遺產，是隱世中的觀光勝地，然而當地觀光業目前卻持續衰退中。

這裡的旅館區除了冬季期間被徹底冰封以外，就連到了本應是旺季的夏天，也因治安惡化的關係而門可羅雀，聽說近百年來連連倒閉。

「不過，現今空中飛船的技術發展蓬勃，冬天也能來訪北方大地參觀名勝。我聽說天神屋與折尾屋也正在推動豪華遊覽船的行程方案。」

聽到這裡，我終然恍然大悟。

原來如此，類似豪華郵輪團的那種行程嗎？

「所以說，你們希望跟我們旅館的觀光團合作，規劃北方大地名勝遊覽的方案對吧！」

「沒錯，呵呵。不愧是津場木葵小姐，腦袋轉得真快。」

清大人輕輕笑出聲。在一旁待命的近侍雷薩庫先生抬高眉毛，刻意清了清嗓子。

剛才一個不小心就脫口而出了。我也真是的，面對堂堂八葉講話竟然這麼沒禮貌。

白夜先生的視線盯得我好不自在，亂丸則是一臉傻眼的模樣，就連銀次先生也替我捏了把冷汗。如果現場有地洞我真想立刻鑽進去……

白夜先生拿出隨身攜帶的摺扇，敲了一下自己的手心轉換氣氛之後，淡淡地繼續說道：

「這個提案對天神屋與折尾屋來說也是有利可圖的。許多妖怪都抱怨已經看膩我們這兩間旅館的景觀了，若能規劃新的觀光行程，可說是求之不得……畢竟北方大地這裡的冬天，蘊藏著許多沉睡的寶藏。」

「寶藏？」

亂丸代為回答我的疑問。

「指的就是冬天才能一睹的極光與流冰吧。還有散布於各地的冰雕建築，對於那些熱愛隱世歷史的妖怪來說也相當具有吸引力。再加上只有在這裡才能嘗到北海的各種海味，還有最近在隱世開始流行起來的乳製品也相當豐富。利用這些食材規劃出美食行程做為賣點，想必能引起許多妖怪的興趣吧。再來只要巧妙地設計一些當地名產，想必能成為重振北方大地觀光的基礎吧。」

亂丸轉身面向我，用臭屁的語氣說：「這是妳最拿手的項目，高興了吧。」

高興？是要我高興啥？……不過，總覺得有股說不上來的奇怪感覺。

在我看來，站在天神屋跟折尾屋的立場，北方大地若發展為觀光區，就結果來說等同於增加競爭對手吧。

「事情就是這麼一回事。葵，我希望妳能留在這裡認識當地的食材，構思看看有沒有什麼適合打造成觀光名產的東西。」

「咦？可是要我在年底以前完成，這太強人所難了啦。」

白夜先生走了過來，打開摺扇掩口貼近我的耳邊，低聲地與我咬耳朵。

「擔心什麼，目前還不需要交出成果。只不過呢，現階段能提出可行的提案與否，將大大左右對方對我們的信任度。我相信靠妳的能力可以想出能取得信賴而且可行性高的方法才是。」

「……」

這番話讓我明白了。

雖然表面上已經談妥了，但其實我們與北方大地的拉鋸戰尚未結束。

「我想想——觀光名產指的是……紀念品？」

我裝得面不改色。

「紀念品應該也是必要的一環，還有像是『來到這裡才能一嘗的美食』也可以。葵，妳擁有成功推動天神屋土產新品項的實績，由妳來構思也等於掛保證。」

白夜先生說道。清大人也跟著附和，用真摯的神情懇求我。

「沒錯，誠心希望葵小姐能幫忙運用北方大地的食材構思出嶄新的特色名產。萬事拜託了。」

被這樣懇切請求，我哪好意思拒絕。

「我是不能掛保證，而且也不敢篤定這任務有這麼好達成，不過我會盡力試試看的。」
雖然有一定難度，不過我對這裡的食材與飲食本來就很感興趣。
「哼，不過妳要是在這裡貢獻了妙計，也是令人有點不甘心就是了。真希望妳留在天神屋內發揮所長……不過沒辦法，這一切全是為了奪回大老闆。」
「您不需要擔心。只要在特產或料理名稱上加註『由天神屋傳說中的夢幻食堂夕顏特別監修』，就足以替旅館成功打廣告了。這可是不可多得的好機會。」
「原來如此。不愧是小老闆，想得到這招。」
白夜先生與銀次先生兩人的商人靈魂又沸騰起來，交頭接耳討論著。
雖然他們用摺扇掩護，但對話內容全被我聽得一清二楚。
就在此時，我的視線無意之間與清大人對上。他朝我露出柔和的微笑。
那纖細優美的身段看起來是那麼脆弱，彷彿輕輕一碰就會受傷。
清大人就像一座精緻的玻璃工藝品，美少年這個詞就像是為他而創造的……
「不好意思，兩位才剛抵達就讓你們站著聊這麼久。一路旅途奔波應該很疲憊了吧。客房與餐點已經準備好了，請充分休息。」
「啊，那讓我來帶他們去房內吧。」
「不……春日，妳什麼都別做就行了。」
清大人臉上依然掛著笑容，但是命令春日的口吻卻帶著一絲冷淡，令我感到些許的詫異。

「雷薩庫，麻煩你了。」

「是，城主。」

戴著眼罩的近侍雷薩庫先生從懷裡取出冰鈴並且搖響，一群表情冷淡的冰人族侍女便隨之現身，對我們說道：「往這邊請。」幫忙帶路。

「……」

春日……

她臉上的神情看起來毫無異狀，這反而令我擔心。

莫非春日與清大人之間的關係其實並不和睦？

這樣一來，她在這裡豈不是完全沒有靠山與立足之地了嗎？

「呃，那個，清大人！」

我趁著被帶離大廳之際，忍不住舉手對清大人提出請求。

「就是，關於開發當地特產的事情，如果可以的話，能夠派一名助手協助我嗎？」

「妳說助手嗎？」

「嗯嗯，有個人選再適合不過了，就是春日。以前我們曾一起研發天神屋的全新土產——搭配奶油起司所製成的地獄甜饅頭。這全多虧了有她的協助。」

「這……」

清大人露出些許為難的表情支吾其詞，一旁的近侍雷薩庫先生隨即開口說：

「妳太無禮了，竟然直呼城主夫人的名諱，還要夫人當助手！」

他狠狠地怒視著我。

的確。春日雖然過去是我的好夥伴，但現在已成為北方大地這裡的首長夫人，而且感覺清大人也不太樂意。

「等等，雷薩庫。小葵的立場與我是對等的，她可是天神屋的未婚妻呀。雷薩庫你才是出言不遜。」

「這、這……可是……」

春日接著一個轉身，正面面對清大人。

此時的她換上成熟的表情，就像以前的她偶爾會流露出的神色。

「欸，阿清。也許你不希望我太多事，但我想這次我不出面不行了。」

「春日……」

「這次事件對天神屋來說相當重大，他們為了請求援助才大老遠來到這裡。天神屋是我的老東家，有些事情絕對需要我出面幫忙。我想這也能間接幫助阿清完成你的任務。」

春日只留下這番話，一瞬間又變回原本天真的少女，興高采烈地拉著我直喊：「跟我過來。」

我被帶到一間客房，四周的牆壁依然是用冰磚建材所搭造。

房裡的家具也大多都是以冰磚加上木材組合而成，地面上則鋪有圖樣精緻的地毯。令我驚訝的是，就連冒著火的暖爐都是用冰磚蓋成的。

但是冰磚並未融化，有好好善盡建材的本分。

我邊四處走動邊試著伸手觸摸房裡的冰桌。

摸起來涼涼的，但不至於冷得令人把手縮回來。

「很新奇吧？冰里城的建材取自大冰河山脈洞窟中的『永久冰壁』。摸起來雖然冰冰的，不過並不會散發寒氣，接觸暖爐火焰也不會融化，能讓房裡確實保持在一定的溫度。不過這可是貨真價實的冰塊唷。」

「為什麼要用冰磚為建材呢？使用一般的磚頭、木材不行嗎？」

「不知道呢，我對這也不太清楚……應該就是北方大地這裡的文化吧？對冰人族來說這樣的環境大概最舒適，而且又很堅固。或者可能單純覺得這樣蓋出來的建築很美吧。就像這座城堡。」

春日靈活地跳上客房內的床鋪，對我露齒一笑。

「不過呢，這種用冰打造而成的城堡，的確找遍隱世其他地方也不可能看到。總覺得充滿浪漫氣息，就像童話故事一樣。」

「對啊，北方大地這裡就是童話故事的起源地。阿清一直很想把這些宏偉的自然環境與歷史悠久的遺跡推廣給更多外地妖怪知道。而且他也希望北方大地的居民能以自身家鄉為傲……所以才有意與八葉之中特別致力於觀光業的天神屋與折尾屋攜手合作，請你們來發掘出更多這地方的魅力。」

「發掘這裡的魅力嗎？嗯哼……」

我在春日的隔壁坐下。柔軟的床舖幾乎快把身體吞沒，在這被堅硬冰磚包圍的房間裡，感覺格外舒服。

「欸，春日。」

「……嗯？」

「妳適應這裡的生活了嗎？」

面對我的提問，春日一時愣得眨了眨眼，隨後又「唉～」地深深嘆了一口氣，整個人像是洩了氣的皮球。

「哪有這麼容易適應呢？直到昨天為止我還患感冒在床上休息。」

「剛剛近侍說妳大病初癒對不對？已經好點了嗎？」

「嗯，不用擔心。不過這裡的居民全是冰人族，並不像其他地區一樣棲息各種妖怪。雖然也有親切的好人，不過基本上大多把我當成外人，對我都沒好氣。」

「就、就是呀！我總覺得大家對春日的態度都不太友善耶。呃……感覺就連清大人好像也有點冷淡？」

春日淺淺一笑，回答我：「可能吧。」同時隱隱握緊放在膝上的手。

她看起來似乎有什麼話想說，卻又一度閉緊雙唇打消念頭，突然轉移話題。

「話說回來，天神屋目前狀況也很艱難呢。大老闆前往妖都結果下落不明一事，就發生在我離開天神屋沒多久之後對吧？」

「……嗯嗯。」

「小葵妳一定特別擔心吧。」

「……」

大老闆。

身為天神屋的一家之主，這個鬼男對這間旅館來說是不可或缺的存在。

在妖都雷獸的計謀之下被迫展露真面目的他，一時遭囚禁於妖都宮中，據說後來被黃金童子救出，藏匿於某處。

聽說妖怪的真實姿態被強行揭穿後，妖力似乎會暫時弱化，我想目前身處於某處的他應該暫時無法自由行動。

我恨自己在這種最緊急的時刻，卻無法填飽他的肚子。

據說我的料理擁有幫助妖怪大幅回昇靈力的功效。

「小葵……？」

這聲呼喚讓我猛然回過神來，輕輕拍了拍自己的雙頰。好了。

「我已經下定決心要盡我所能——也就是在所有試圖幫助大老闆的妖怪背後，當他們的後援。只要我堅持下去，一定能找回大老闆，挽救天神屋。」
我緊緊握住自己的手，以抑制住潛藏於內心深處的某些情緒爆發。
「是呀……嗯，一定能順利解決的。我猜啦，北方大地若能在天神屋與折尾屋的合力之下找到轉機，應該也能連帶牽動文門大地吧。」
「……文門大地。」
也就是春日的家鄉——西北大地。
「我父親以及身為院長的祖母，現在正試圖分析局勢中。為了讓八葉制能夠存續下去，該如何決定天神屋大老闆的去留……」
各八葉為了鞏固自身的立場，現在應該都在煩惱著要選擇站在天神屋這邊，還是倒向妖都中央。
「小葵妳知道目前哪幾方決定支持天神屋嗎？」
「呃，不知道……這種關於政治的話題，大家都不太告訴我。」
「嗯，我想也是。畢竟是敵是友，不到最後一刻都很難說。」
春日壓低聲量，偷偷摸摸告訴我——
「天神屋要救回大老闆，就必須在下回的夜行會上推翻解任大老闆八葉身分的表決案，為此必須得到各八葉的反對票。只要同意的金印璽不超過五個，就是我們的勝利了。」
接著她開始掐指數著願意支持我們的八葉。

「天神屋一個，折尾屋一個，加上北方大地就有三個。與天神屋長久保持漁貨貿易的東方大地，也已經透過幕後交易取得共識，願意站在我們這邊，這樣就有四個了。不過剩下的八葉就尚未明確表態願意支持天神屋了。」

「可、可是……剛才妳不是說只要跟北方大地合作順利，文門大地也會有所行動嗎？」

「嗯，不過關鍵在於實質成果呀。北方大地若沒有出現復興的跡象，我看是很難的。」

「……跡象？」

「文門狸想確認的，並不是北方大地在天神屋與折尾屋協助之下，觀光業發展得如何，那只是片面的結果。他們的重點在於透過這次來檢視阿清是否具有領導者的資質……觀察他在重要的局面下是否能做出嚴正的判斷與決策，以確認在關鍵時刻他是否能成為值得信賴的後援。」

「……」

「要重振北方大地觀光業，提升治安是不可或缺的關鍵。最重要的就是掃蕩為非作歹的不法分子。阿清他明白這一點，所以正致力於加強取締盜賊。不過這方面似乎進行得不是很順利……」

就在我聽著春日說明的同時，客房外傳來敲門聲。春日馬上緊緊摀住自己的嘴，表現得就像剛才說的那些事情是絕不能洩漏的機密。

她朝房門喊了一聲「請進」，於是門外走進了一臉冷淡的侍女，幫忙把餐點送進房內。

聞起來還真香。先前在地底街道與銀次先生一起享用烤飯糰，大概已經是六小時前的事情，現在肚子也開始餓了。

「哇！是起司！春日妳看！有起司料理耶！還有好多豐富的菜色！」

菜色包含用味噌醃漬過的起司搭配無花果乾的冷盤、起司加上年糕與馬鈴薯的燉菜、醋醃銀魚、以及熟成牛肉加奶油煎烤的牛排。

「這個像氣球一樣膨起來的麵皮，難道是陶甕烤餅？」

「啊，妳看過嗎？我來到這邊才第一次嘗到這東西，是我的最愛～」

將食材放入甕型的容器中，用麵皮蓋住洞口烘烤而成。

這道料理在現世也是一道很有名的俄羅斯菜，通常裡面會放入奶油燉菜。不知道北方大地這的陶甕烤餅裡又會裝些什麼呢？我開始感到期待。

我用湯匙挖開麵皮，甕裡緩緩傳出奶香與味噌的香氣。

「裡頭是什麼呢？……咦，這是用鱈魚白子燉煮的味噌湯？而且還加了牛奶跟起司粉！」

這種搭配光是裝在一般湯碗裡端上桌也夠特別了，竟然還用陶甕烘烤的方式登場，實在是太嶄新的創意了。

我戰戰兢兢地試嘗了一口，發現軟軟黏黏的白子充滿新奇口感，味道也相當溫醇順口。

沒想到白子和牛奶味噌湯意外地搭，而且吃起來毫無腥味，可想而知使用了最新鮮的食材。

「這個口感偏硬的麵皮和濃厚的牛奶味噌湯也很配呢。」

「泡軟之後吃起來就會像麵麩一樣唷。」

我邊吹著氣邊趁熱享用這道料理，吃完真令人心滿意足呢。

北方大地這裡自古以來就普遍有食用牛奶與起司的習慣，或許這種料理也是這裡的傳統菜色吧。不過，熟悉現世料理的我看來，倒覺得這道料理充滿現代感呢。

「小葵，妳也喜歡北方大地的牛奶跟起司製品嗎？」

「嗯嗯，當然啦。之前受到那麼多照顧，而且這裡的起司和乳製品品質也沒話說。」

「是呀。乳製品雖然是北方大地最有競爭力的商品沒錯，不過阿清一直很擔心這些物產的出口，反而幫助其他土地創造出更多美味的當地特產。」

「……啊，難道是在說類似天神屋地獄饅頭那種產品？」

「嗯～可以這麼說。」

春日笑得輕鬆，我卻冷汗直流。

的確使用了北方大地產的奶油起司混入麵糰內，再用天神屋的溫泉蒸氣蒸熟的甜點，是口味相當純樸的一款起司饅頭。

而這項產品也成為在天神屋引起轟動的人氣土產。

「不過他似乎相當感激地獄饅頭的問世唷。畢竟有宣傳說材料是選用自北方大地產的奶油起司。多虧妳幫忙打了很大的廣告，讓妖怪對於起司有更普遍的認知了。」

春日望向我露出淘氣的笑容說：「而且命名的人是我嘛。」

「一部分也是因為地獄饅頭引領了流行，讓各家業者爭相推出使用起司製成的點心或料理呢。隱世的商人很聰明，馬上就嗅到了商機。」

「嗯，的確啦……我偶爾也會在市面上看見模仿地獄饅頭的致敬商品呢。」

「啊哈哈！不過天神屋品質那麼優良的溫泉蒸氣再怎麼樣也模仿不來，況且搶占先機也是很重要的致勝關鍵呢。」

「所以北方大地這裡……也想創造出這樣的新流行嗎？」

「嗯，就是這麼一回事。起司好不容易在隱世開始引起一陣風潮，不趁現在順水推舟怎麼行呢？而且也難得有機會能借助小葵的力量嘛。阿清他過去在文門大地飽讀詩書，對於現世的文化與飲食十分嚮往。想必他對於妳提出的新點子也會感興趣的。」

「……」

春日對清大人的了解明明如此深。

然而彼此之間卻還是存在隔閡……

她心裡應該還是很喜歡清大人的吧？

不知道對方又是怎麼看待她的呢？

「好了，小葵妳別再發愣啦，多吃點吧，難得準備這麼多料理。妳除了喜歡做菜填飽別人肚子，也不討厭被人家招待對吧？」

「那當然啦，接下來要嘗嘗哪一道好呢？」

「我看看……這個味噌醃起司也很好吃……啊，等等。」

正當我蓄勢待發準備大吃一頓時，春日隨即制止了我。

「不好了，這……也許有毒。」

「咦？」

春日壓低眼神，注視著桌上某一只冰製的餐盤。是裝著冷菜料理的那一盤。

光就外觀看不出什麼端倪，菜餚看起來也沒什麼異狀。而春日從懷裡拿出手巾，用手巾墊著拿起盤子。

「這、這道料理被下毒了？」

「不……我想問題大概出在盤子。」

「盤子？」

這兩個字讓小不點有了反應，從我外褂的口袋裡探出身子。

「啊～河童滴盤子怎麼惹嗎～？」

「沒人在說河童的盤子啦。」

眼看小不點打算偷拿桌上的料理吃，我急急忙忙一把抓起他放回口袋裡。這些菜搞不好有毒耶！

同一時間，春日則端著盤子緩緩走近暖爐旁。

她手上的盤子漸漸融化了。冰遇到高溫會融化，這是再自然不過的現象。

「這只冰盤的原料並不是來自永久冰壁，而是冰柱女之類的冰人族做出的一般妖冰。」
「就是用來放在冰箱裡保冷的那種？」
「沒錯。跟一般冰塊比起來，保冷能力雖然強很多，但並非永不融化。」
「盤子會融化……這是問題所在嗎？」
「嗯。將毒藥溶於水中，再使用妖術加工成冰製餐具來盛裝料理，就可利用緩緩隨冰融出的毒液毒害目標對象。在我嫁來這裡之前，曾在古書上看過這種暗殺技術。幸好以前剛好有看過那本書……」
明明有被下毒的可能，春日的口吻卻異常地平淡。
「所、所以這是有毒的盤子嗎？」
「有這個可能性。正常來說，王宮內的餐具應該只會選用陶瓷或永久冰壁材質才對。若是永久冰壁所製成，就算接近火源甚至直接拿去烤都不會融化。」
我整個人目瞪口呆。
一股恐懼油然而生。為什麼要下這種毒手？究竟是誰幹的？
「因為這裡有些人看不順眼我的存在，而且不贊同阿清打算推行的政策。」
春日意會到我心中的疑問，一邊回答一邊直瞪著冰盤。
「我剛才提過阿清在討伐盜賊的政策上遭遇困難對吧。這就是問題的癥結點。冰里城內的政治要角曾有與盜賊私下往來的前例。他們會洩漏城內機密，阻撓討伐作戰的進行。城裡原本就因繼承鬥爭而掀起腥風血雨，這場風暴現在仍尚未平息。」

「等、等一下！那不知情的銀次先生他們怎麼辦……」

一股不祥的預感湧現，我頂著越來越慘白的臉衝出客房。

假設銀次先生他們用了那種有毒的餐具吃飯，搞不好會沒命的！

「啊，小葵，小老闆他們的房間在這裡才對。」

春日眼看我打算跑往反方向，便拉著我的袖子把我導回正確的方向。

銀次先生等人所在的客房，原來跟我只隔了一間房。

「銀次先生！白夜先生！亂丸！桌上的料理不能吃！」

一打開房門，我便目睹這群男人已經把菜餚掃空的景象。

「啊啊啊啊啊啊啊啊啊！」

晚了一步！一切都太遲了！我不禁抱頭發出慘叫。

「怎、怎麼了嗎？葵小姐？」

「葵，在別人家裡別這樣大小聲。」

「妳這女人還是老樣子，嗓門有夠大耶。」

他們三人面不改色，還用白眼瞪著大呼小叫的我。

「不是啦！聽我說，我們吃的料理可能被人下毒了。」

「咦！下毒？」

「春日，這是真的嗎？」

「嗯。不過別擔心，我們沒吃下肚。」

春日隨後檢查了這間房裡的餐盤，果然不會融化。

「小老闆你們沒有被人下毒的跡象，也就代表被鎖定的只有我們……抱歉呀，小葵，對方的目標大概是我吧。結果害妳也差點被牽連了。」

我猜想春日她平常就處於隨時可能被毒害的險境之中吧。因為無法安心下嚥，所以才消瘦了些。

想到這就讓我湧起一股無以發洩的鬱悶，只能微微咬緊雙唇。

「小葵，妳餓了吧？我請他們馬上去準備新的料理。」

「沒關係，不用了啦，春日。我自己做就行了，順便幫妳煮一餐。」

我爽快地做出這番宣言，結果——

「來了，葵的老毛病又犯了。」

「真的是愛料理成痴。」

「啊哈哈！無論何時何地，您滿腦子都只有料理呢……」

白夜先生與亂丸就算了，就連銀次先生都用無奈的口吻不知道在嘀咕些什麼。

唯有這次不是因為技癢，而是關乎人命好嗎！

「幸好空中飛船上有廚房設備。」

「喂，妳這丫頭憑什麼理所當然地使用別人家船上的廚房。妳不是自己有設備嗎？那個叫什麼號來著的。」

「你說夜鷹號？是也堪用啦，但能做的料理種類有限。況且我們目前站在同一戰線不是嗎？借用一下青蘭丸的廚房有什麼關係。算了，反正不管你怎麼說，那對雙胞胎應該都不會拒絕我吧。」

「嘖！竟然拉攏別人家的員工……懶得跟妳吵！」

亂丸誇張地嘆了一大口氣。

不過他也沒繼續回嘴，意思就是答應了對吧。

很好很好，太棒啦。

「葵，剛才我跟小老闆討論過了，我今天會先回天神屋去。」

「咦？白夜先生要回去了？」

剛才還在心裡暗自高興，白夜先生這句話讓我馬上慌了。

「有什麼好驚慌失措的？葵，這次北方大地的合作案，交給小老闆與折尾屋老闆來處理，比我更適合吧。況且小老闆既然要停留此地，我就必須回到天神屋坐鎮。畢竟有堆積如山的工作要在夜行會舉行前搞定。」

可靠的白夜先生要離開，總覺得心裡有點不踏實，不過我的確也很擔心天神屋的狀況。

遲疑了一會兒之後，我老實地點點頭。

「很好。春日也盡可能跟著妳一同行動的話，應該就沒問題了。這件事由我去跟清殿下報備一聲，小老闆與折尾屋老闆就請負責保護她們倆的安全。」

「了解。」

「為什麼連敵對旅館的員工也要丟給我照顧啊……真是的。」

「好了好了，亂丸。偶爾互助一下也沒什麼不好呀。」

「銀次，我真羨慕你這種樂天的濫好人性格。再說，你這小子就是太……」

銀次先生與亂丸開始你一句我一句地吵起來。

雖然現在因為下毒的騷動而一片混亂，我卻突然覺得——真沒想到這兩兄弟會以這種形式，共同擔綱北方大地的觀光促進企畫……

早已決定分道揚鑣，選擇不同生活的一兄一弟，偶爾像這樣同心協力也不是件壞事吧。

在這之後，亂丸讓我們回到折尾屋的船上借用廚房。

聽說雙胞胎他們倆明天一大早要去北方大地的港口，所以早已就寢。亂丸嘟噥著：「那兩個傢伙明明身為妖怪，睡得比人類還要早是怎樣。」

「只要是廚房裡的物品妳都可以用，不能碰的東西我想那對雙胞胎應該有嚴加標註吧。畢竟他們也只有這方面最可靠了。」

「嗯嗯，謝啦，亂丸。」

亂丸把我們留在廚房，自己隨即離開現場。

我目送著那毛茸茸的紅色尾巴，一邊感慨萬分地想著：「亂丸的個性好像也變得圓融點了呢……」

「好了，那我就來做點東西吃吧，春日。想吃什麼料理隨妳點菜。」

「那我要吃咖哩飯！我一直好懷念小葵妳在夕顏煮的咖哩呀。」

春日指定的菜色相當經典，咖哩是吧？

「這裡的調味料看起來似乎滿齊全的，要煮咖哩也許不成問題。」

櫥櫃上擺放著各種咖哩所需的各種香料。

紅蘿蔔、洋蔥與馬鈴薯等最基本的蔬菜配料，四處找了一下也全都湊齊。還弄來一顆差不多該丟掉的過熟番茄。這感覺也能運用在咖哩上。

「啊，馬鈴薯的產地是北方大地這裡耶。是當季採收的小馬鈴薯。」

「可是我聽說今年馬鈴薯的收成狀況不佳，價格應該飆漲得很高吧？」

「聽妳這麼說我才想到，千秋先生也跟我提過這件事。」

「千秋？小葵妳見到千秋了？」

「……嗯嗯，在地底街道遇到的。」

千秋先生身為天神屋的門房長，同時也是春日的叔叔。

春日若無其事地回了一聲：「是哦～」但似乎很在意千秋先生的行跡。

「啊，妳看這個。」

廚房中用來保存食材的箱子裡，裝了雪白的菇類。

「喔喔，這是雪國才能採到的菇類，也很美味喔。好像叫雪舞菇吧。」

「既然是當地的特產，代表雙胞胎他們應該是透過什麼管道採購的吧。」

這菇類感覺也能拿來煮咖哩，不過摸起來全都凍得像冰塊一樣。

「北方大地被險峻的山脈所包圍，山中的雪地環境造就了幾種特殊的菇類。摸起來雖然很冰，但只要經過烹調就能跟一般菇類一樣正常食用。」

「哇，真新奇耶。馬鈴薯跟菇類都有了，再來就是肉……啊，找不到能拿來用的肉類。」

往冰箱內一看，發現雙胞胎似乎早預料到我會下廚，在不能動的食材上貼了「嚴禁使用」的字條。例如極赤牛之類的……

既然沒肉可用，不放也是可以啦。

「話說北方大地這裡習慣吃什麼肉？哪種肉是飲食的主流？」

我順便向春日請教這裡的肉食習慣。

「嗯……這個嘛，因為盛行酪農業而養了許多乳牛，所以當然常吃牛肉。雖然並不像南方大地那邊畜養的『極赤牛』一樣，是什麼高貴的品牌牛就是了。再來就是羊肉或岩豬肉之類的。」

「喔喔，岩豬。真懷念耶。」

以前在北方大地山間的玃猿聚落中曾經品嘗過岩豬肉。

至於羊肉，昨晚在地底街道的民宿裡也吃到了。果然是這裡普遍的食用肉啊。

「這裡反而不怎麼吃雞肉呢。如果是北方山區的居民，聽說是會飼養雞隻來食用，不過市區的冰人族完全不吃。在鬼門大地天天吃雞肉，來到這裡卻吃不到，讓我有點寂寞呢。真想念用食火雞做成的雞肉天婦羅～」

「……這樣啊。」

可惜目前手邊也沒有雞肉可用。

真希望讓春日再次嘗嘗鬼門大地的食火雞啊……

「啊，鮪魚罐頭。」

雖然沒肉類可用，不過我找到了使用這裡捕獲的鮪魚加工而成的罐頭。

我借用了一罐，隨即跟春日兩個人開始著手下廚。

煮咖哩時若想換換口味，我很推薦加入罐頭鮪魚這樣食材。

「春日也一起來幫忙吧。」

「是是是～」

接著我用理所當然的口氣使喚北方大地的少夫人來當助手。

春日也快速又俐落地進行準備工作，真是熟練。

在我心中，總忍不住把她當成那個還在天神屋當女服務員的春日，不自覺地向過去常來夕顏幫忙的她提出各種要求。

「洋蔥已經切好了喔～」

就在我調配現有的辛香料並均勻混合的同時，春日帶著兩行淚通知我洋蔥切好了。

將油倒入大鍋內預熱後，把蒜末跟紅辣椒下鍋爆香，炒出香味後把切成粗丁的洋蔥也下鍋，利用鍋內的油慢慢炒軟。

「煮咖哩時呢，洋蔥要小火慢炒至軟到不能再軟，並且呈現焦糖色的狀態最好。」

「可是我想快點開飯～餓死了～」

「好、好啦……我盡量快一點。」

於是我把切好的紅蘿蔔與雪舞菇也一起下鍋，三兩下拌炒完畢後，把打成霜狀的番茄糊、鮪魚罐與香料倒入鍋內，同時均勻攪拌，讓食材漸漸煮出自身的鮮味。

依照平常製作咖哩糊的習慣，我會另外拿一只平底鍋和入麵粉與水來慢慢熬煮成糊。這次因為是偷懶版本所以不加麵粉，在這個步驟就直接把食材跟香料混合。有了洋蔥的黏度跟罐頭鮪魚的油脂，就算不放麵粉也能煮出類似咖哩糊的黏稠感。

加水繼續小火燉煮，鍋內便開始漸漸飄出咖哩香氣。

接下來的步驟只剩下適時放入馬鈴薯，並且進行最後調味。

我拿了鹽、醬油，還偷掰了一塊藏在冰箱裡的巧克力，把這些加入咖哩內。抱歉了，雙胞胎……我需要一點提味的材料。

「白飯的話有現成的剩飯唷。」

「很好，那就來開動吧。」

總覺得從頭到尾都是借用人家的食材。

將白飯重新熱過，淋上罐頭鮪魚咖哩……大功告成。

「太奸詐了，在下也想吃咖哩飯是也。」

「啊！佐助被咖哩的香氣吸引過來，不知從哪裡現身了。」

「佐助，好久不見～你還是一樣神出鬼沒耶。」

「春日殿下也沒變，看起來一樣神經大條是也。」

於是我跟春日加上佐助三人一起端著盛好咖哩飯的餐盤，走向廚房隔壁的食堂。

等待已久的這一餐，染上咖啡色澤的罐頭鮪魚散發獨特的濃郁鮮醇與鹹味，冒著熱騰騰的美味香氣。

「啊啊，吃起來好鬆軟，我最愛咖哩裡面的馬鈴薯了。」

「在下也有同感是也。放了罐頭鮪魚的咖哩原來也這麼美味，非常下飯是也。」

「是不是？鮪魚擁有跟肉類不同的鮮美，而且裡面的醃漬油也充滿鮪魚香味，可以拿來入菜。」

春日跟佐助馬上大口大口吃了起來。

他們倆的外貌都很嬌小，看起來就像兩個小朋友在享用咖哩飯，真可愛……

「我好像很久沒有這麼安心地吃頓飯了，再來一碗好了。」

「……想吃多少盡量吃，春日。」

「吃」這個行為能維繫生命，也能帶來幸福感。

然而卻有人把「吃」跟「死亡」連結，實在令我無法原諒。

好了，我也來嘗嘗味道如何吧。

「嗯，雪國的菇類吃起來口感真新奇耶。清脆爽口的感覺，雖然吃起來熱騰騰的，但是很像在嚼冰。」

「對吧？就算拿來燉煮或燒烤，仍會保留這種奇妙的口感。所以在北方大地這裡，稱這類雪國的菇類為『冬王的棄子』，自古以來就是這樣。其中多種菇類含有豐富的功效，也會拿來入藥。」

冬王的棄子……

在作物無法收成的嚴冬，雪舞菇仍生長於雪地之中供人採收並攝取養分，象徵著冬神賜與人民的恩澤——聽說有著這樣的含義。

「北方大地這裡原來也有眾多優良的食材是也。」

「對呀。只要用心做功課，感覺能發現許多這裡的好東西，讓我開始期待用當地食材構思特色料理的任務了。」

在這一天夜裡，位於船艙內的折尾屋員工們也被咖哩的香氣所吸引，心癢難耐地窺探著食堂。

其中也包括了過去在折尾屋曾對我找碴的傢伙，不過事到如今我已經不再計較那些小事了。

往外踏出一步，就要面對極地的嚴寒。

那不如大家窩在一起吃咖哩吧。

讓身體與心靈徹底沉浸在這股溫暖滋味之中。

插曲 春日與清（二）

這是遙遠以前的往事了。

一位臉色蒼白的少年，在病房的窗邊凝望著雪花翩翩飄零，同時緩緩眨動那雙失去光芒的雙眼。

『春日，聽我說。我想我的壽命快到了。眼前所見的景色也一點點、一點點地慢慢轉為淡灰色。最後大概會白得像北方大地的漫天雪色，什麼也看不見了。我肯定也會不留痕跡地褪為純白色死去。誰也沒發現，也沒有人會記得我。』

『怎麼會？有我認識阿清，而且也不會忘記你。再說你根本不會死的。』

『可是，我的心臟已經……』

『欸，阿清。你之前說過想到現世看看對吧？我從祖母大人那邊拿到通行證，有了這個就能去現世了。』

『咦？可、可是，這怎麼行得通。我有病在身……而且現世對於妖怪而言充滿危險，雖然這是我的願望沒有錯……』

『沒問題，有我跟你一起去。我想跟阿清一起親眼看看那座大紅色的鐵塔！』

少年的雙眸之中開始散發光芒，雪白的雙頰也泛起微微的紅暈。

『春日，妳真的願意陪我嗎？』

『當然！我也想和你一同前往未知的世界探險！』

在這之後，我們才認識了現世這個充滿未知的人類所生活的世界，以及了解到異界有多麼廣大。

○

在折尾屋的空中飛船上，睽違已久地吃到了小葵親手煮的咖哩。

我一邊回味著這股幸福的飽足感，一邊快步走在冰里城的走廊上。這時，我偶然在阿清的辦公室前佇足，此刻的他仍在裡頭處理公務。

稍微往裡頭偷看了一下，望見他一臉凝重地與雷薩庫一起埋首研究某些資料，這畫面讓我打消了出聲喊他的念頭。

我直接轉往城堡的頂端走去。

那裡設有一片空中菜園，瀰漫著酸酸甜甜的果香。本來打算繞過去看看的，最後還是搖了搖頭，趕緊回到自己的房間。一路上都沒解除對周遭的警戒。

平安回到房裡的我立刻躺往床上，就這樣望著冰製的天花板。
自從來到北方大地後，和忙碌的阿清從未度過一天夫婦該有的生活。
而且他就算在對話時也總是垂下雙眼，露出落寞的笑容。
「原本是希望自己能協助阿清，才嫁來這裡的，結果什麼忙也幫不上。」
相較之下，昨天剛來到此地的小葵只要運用她的廚藝，能為北方大地做出的貢獻都比我多吧。
這麼一想，開始覺得自己嫁來這裡的意義，真的只剩下完成文門狸的政治目的了。
不過……我確實從小就很喜歡阿清，至今也依舊不變。
就算不怎麼被接納，至少希望自己能幫上一點忙。
在這塊重病垂危的土地上，能發揮任何一點微不足道的能力該有多好。

『春日，妳什麼都別做就行了。』

然而，湧上心頭的卻是阿清那句話。
他說得沒錯，我要是有什麼醒目的舉動，都會特別刺激到冰里城內的所有人。原因就在於我是隱世右大臣之女。
「欸，伊塔奇，我真的什麼都不用做也沒關係嗎？」

我朝天花板發問，上方的一片冰板被卸了下來，探出頭來的是一位女忍者。

「是。清大人是為了讓春日大人您免於陷入危險。」

「我知道，所以才覺得懊悔，恨自己只能白白待在原地。再這樣下去我都要變成一座文門狸進貢過來的狸貓冰雕啦。」

「……春日大人。」

伊塔奇原本是在這座城內負責護衛前八葉的密探，現在則接著效命於阿清。

待在阿清身邊的侍從雷薩庫也是前八葉那留下來的親信。

前任八葉長年臥病在床，目前在文門大地的醫院中休養。在當初退位之際，他一直很擔憂冰里城內的權力鬥爭與盜賊紛爭將對阿清造成生命威脅。

其中特別棘手的就是在城內被稱為「舊王族」的一群掌權者們。簡單來說，就是阿清的親族。

就算北方大地的人民在盜賊橫行與蕭條經濟之中過得民不聊生，他們也無動於衷。只要能鞏固自身地位，搾取到充足的油水，其他都無所謂——他們就是這樣的一群人。

由於阿清長年在西北大地的醫院療養，在得到文門狸的後盾下，才順利接任北方大地八葉的位子。

舊王族中大多數勢力在文門狸的監視之下，失去了公然操弄權力的能耐，讓阿清能與自己信得過的同志一起著手進行北方大地的改革。

然而，舊王族雖然表面上受到牽制，在檯面下卻利用盜賊來阻撓阿清的所作所為，甚至覬覦他的性命。

折尾屋飛船會遭空賊襲擊而在航程中受阻，恐怕也是舊王族裡有人向空賊洩漏了情報，並且唆使他們行動吧。

不過呢，八葉的飛船也不可能被區區的空賊給擊沉就是了。

阿清在為空賊與山賊的事情忙得焦頭爛額的同時，還得同時想辦法重振民生經濟。

天神屋的事件牽扯到整個妖都並發展成嚴重的騷動，這似乎讓阿清從中發現了轉機。

天神屋會率先來到北方大地請求援助，早已在他的預料之中。

雖然他似乎沒想到折尾屋也一起跟著過來，不過這也順利鞏固了三方的合作關係，讓重振觀光的計畫有了眉目。

他認為如果能與天神屋和折尾屋三方攜手，想必就能突破眼前困境，找到通往未來的可能性……

「不過呢，要說有沒有保障，這的確是一場賭注吧。畢竟這等同於與妖都中央為敵。也沒有根據能保證我方最終一定能打贏這場仗。」

「……清大人雖然比較現實，但是絕對會秉持自己的正義與大義。我們北方大地原本就與妖都中央關係疏離，打擊應該不至於太嚴重。」

「這樣呀。妳說得也有道理呢，伊塔奇。」

阿清還沒完全坐穩八葉這個位置，盟友也不多。

即使有文門狸為後盾，但是……

雖然這種話由我來說好像不太好，不過誰知道文門狸會不會哪一天就翻臉不認人。從祖母或父親的立場來說，要切割北方大地何其容易。

正因如此，才希望阿清能和重情義的天神屋與折尾屋建立起真正有益的關係。

真希望小葵接下來所創造出的新料理，能讓籠罩著阿清與這片土地的陰霾一掃而空。

再來只願阿清能偶爾擺脫北方大地與八葉的這些是非，投入自己喜歡的事物，讓內心獲得片刻的平靜。

我想有些事情，只有從小與他作伴的我才能查覺到。

我記得他以前很喜歡讀讀書、看看圖鑑，來滿足好奇心並且擴充知識。

「書……」

我連帶想起某件事，猛然從床上起身。

接著我打開自己帶來當嫁妝的行李箱，翻找著某樣物品。

那是一本印有許多照片的老舊旅遊書。

書籍出版自現世的日本，也就是小葵沒多久以前居住的故鄉。

封面上印著一座紅色鐵塔，塔上散發出耀眼光芒。

「我記得阿清以前說過想親眼看看這座塔，所以我就……帶著他跑出醫院了。」

沒錯。我趁擔任院長的祖母不注意之時，偷偷印了前往異界的通行證，帶著阿清踏上現世。

然後我們以這座紅色鐵塔為目標徒步前進。

走到一半又累又餓，就跑去一間咖啡廳吃了些東西……

當時吃的「點心」叫什麼來著，現在已經想不起來了。

第三話

北方大地觀光推廣企畫

「昨晚真的非常抱歉，葵小姐。」

隔天，我與銀次先生一同謁見冰里城城主清大人，他對我們深深鞠躬致歉。

「冰盤一事是我們的疏忽，讓兩位受驚了。」

「不！沒關係啦，反正最後也查出冰盤裡並沒有下毒，不是嗎？」

「……是的。但是問題在於城內的冰製餐具本應使用永久冰壁所製成，卻不知何時被替換成一般妖冰了。這對我們來說是一種恐嚇，也許對方下一次就會來真的了。目前我們正在追查犯人身分。」

清大人的表情相當嚴峻又僵硬。

也許是因為只有他才明白這種狀況究竟另有什麼含義吧。

「請您抬起頭來。」銀次先生對清大人說道。

「我們也過於大意了，明知北方大地內部局勢正處於紛亂。不過折尾屋的飛船目前很安全，我們會以船上為據點來行動，請您無須擔心。」

「好的，我想這樣子比較保險吧。」

「另外，請問白夜先生已經啟程了嗎？」

清大人被這樣一問，點頭回答：「是的。」

「白夜殿下今天一早就從城裡出發了。在離開前已請他過目這裡所準備的各種北方大地代表食材，食用安全也已經過嚴加檢驗。」

清大人身後的台子上擺放了各式各樣的食材。

除了最基本的牛奶與鮮奶油等，還有種類一應俱全的塊狀起司。

品項可想而知還是以乳製品為主。

「這裡的起司原本發源自山區，是高山居民自古以來的傳統食物。近來各種製造技術推陳出新，食用的普及度也越來越高。北方大地四處都是牧場，還設有由冰里城直營的大規模起司加工廠。」

接著清大人依序為我們介紹這些當地的食材。

「海產類食材中也包含了一些只有在北海這裡才能入手的珍奇海味。例如螃蟹、扇貝以及鮪魚……另外還有鮭魚卵與牡蠣等，雖然現場目前沒有。」

「今天一早折尾屋的廚師們去了一趟北海漁港，我想他們應該已經弄到了第一手的新鮮食材。」

銀次先生接在清大人之後補充說明。清大人也點了點頭表示認同。

「沒錯。其他還有用這些海鮮加工製成的罐裝與瓶裝食品。除了鮪魚罐頭以外，還有螃蟹、扇貝等相當豐富的品項。冰里城這裡設有許多直營的食品加工廠，生產便於保存的食品以供人民度過嚴冬。」

原來如此。這麼一說我才想起來，昨天用到的鮪魚罐頭也是這裡生產的。

就剛才得知的資訊看來，冰里城這裡似乎基本上以營運工廠為主，是產業的中心據點。我是知道各方八葉原本都是經商維生，唯獨冰里城這裡特別帶有神秘色彩，現在總算對內部產業狀況有點概念了。

至於肉類，聽說是以養殖於北方大地特殊岩場的家畜——岩豬與雪羊最有名。

「肉類加工製品在這裡也是民生必需品，所以香腸與煙燻食品的種類也很豐富。」

「真的耶。感覺類似德國香腸和培根呢。唔哇，真想嘗嘗。」

至於根莖蔬菜類，最為主流的馬鈴薯今年收成不佳，除此之外還有雪地白蘿蔔、霜降白菜與皺葉菠菜等冬季蔬菜的樣子。

「原本聽說北方大地這裡冬天蔬菜少，但是這樣一看才發現其實挺多的呢。」

「這個嘛，這片土地的缺點就在於冬季養不活什麼農作物，不過近年來藉由文門大學的協助下開發出特殊的蔬菜品種，並利用低溫與冰雪來提升其營養價值。」

清大人伸手指向圓滾滾的霜降白菜，為我們進行說明。

「像這些生長在雪地下的白蘿蔔，以及曝露在冰霜之中的白菜，共同特徵就是菜葉都會變得特別甘甜，直接生吃也能品嘗到鮮甜的美味。只不過管理上需要耗費更多心力，所以就算在當地也不太有機會吃到，在市面上也很稀有。」

「原來如此。」

雖然很想立即構思看看運用這些食材能做些什麼料理，不過我有個問題要先向清大人確認。

「話說回來，請問您所期望的『北方大地特產』，是怎樣的商品呢？能帶回去當紀念品的土產，還是在當地餐廳享用的特色料理？我自己是認為『只有親自來一趟才能吃到，而且值得一嘗的美食』比較好。」

「嗯嗯，如果能創造這樣的特色菜，對我們來說也是再感激不過。」

清大人對於本地食材出口也抱持疑慮，擔心會助長外地發展多樣化特產，所以必須做出本地限定的料理，而且還得具有外地無法取代的價值。

「當然，伴手禮的部分能讓來訪此地的客人帶回去留念或是分送，留下到此一遊的事實這點也很重要。不過近來我開始認為讓旅人造訪當地，親身感受與親口品嘗所營造出的『實際體驗』將成為關鍵。」

「嗯嗯，的確是呢。我也有一樣的想法。」

雖然也不是說物質比不上回憶，但是現在這個時代，「親身體驗」確實開始受到人們的重視。

什麼樣的料理能夠吸引隱世的妖怪們，讓他們產生「不惜千里迢迢來一趟也要嘗嘗」的念頭呢？

我想現正開始引起流行風潮的起司應該是不可或缺的關鍵吧。

事不宜遲，我們馬上回到折尾屋的青蘭丸號上借用廚房。

清大人所準備的食材早已運過來擺放完畢。

「不過話說回來，這些塊狀起司還真壯觀耶。」

正如銀次先生所言，大塊大塊放置在台上的起司具有十足的存在感。

「目前起司在隱世這裡的市價還很高，能拿到這麼多種類實在太棒啦。越看越像一座金黃色的寶藏山。」

我與銀次先生在折尾屋飛船上的廚房裡，物色著眾多種類的起司，同時打開了放在一旁的書本，裡頭有各式各樣北方當地料理的插畫。

「這塊土地的居民似乎真的自古以來就與乳牛共生，每天的生活都被乳製品包圍呢。雖然因為民族性比較封閉，所以未能讓乳製品廣泛地推廣至外地，不過最近開始開發各種接受度高的產品，漸漸普及於隱世。就像之前也帶起了起司的潮流。」

「因為北方大地生產的起司品質沒話說嘛。我也最愛這裡的起司了。」

話雖如此，不過種類也是五花八門。基本上每一種都是天然起司。

像一般廣為人知的奶油起司等未經熟成的新鮮軟起司，質地柔軟而且沒有特殊氣味，吃起來相當順口，無論用於製作甜點或料理都很適合。

另外也有經過長時間熟成的硬起司，適合做為冬季期間的保存食品而發展得相當純熟。刨成碎末直接灑在料理上或是加熱烹調入菜都很美味。

至於白黴與藍黴起司，感覺則是銀次先生會喜歡的類型呢……畢竟爺爺以前也常常拿來當成下酒菜享用。

「葵小姐對於起司料理已經有初步構想了嗎？」

「這個嘛，起司能做的料理是五花八門沒錯，不過我希望盡可能發揮北方大地食材的優點。最好是……能在這雪國的冬季裡一邊欣賞雪景一邊享用的料理。」

「所以您的意思是？」

「我的首選是『起司鍋』。起司鍋需要大量的起司，我想只有在這乳製品豐富多樣的北方大地，才能完成這道奢華料理。」

「『起司鍋』……嗎？」

銀次先生用手拄著下巴，一臉歪頭不解。

「噢？對現世飲食很有研究的銀次先生竟然也有沒聽過的菜色，真稀奇耶。這也就代表隱世的妖怪應該不可能嘗過吧。」

很好很好。這樣也算是有利。

越少人聽過的料理，登場的衝擊性也就越強烈吧。

「簡單來說，就是以起司為底的火鍋啦。將起司與酒放入鍋中加熱融化，用長竹籤叉起食材泡進去。」

「泡進去……泡在起司的火鍋裡？」

「沒錯。讓食材表面裹滿濃稠的起司之後拿來享用。搭配的食材並沒有限制，不過最常見的是硬麵包、德國香腸、馬鈴薯與紅蘿蔔。這些也全是北方大地普遍的食材呢。再加上這裡海產也很豐富，所以也想把蝦子啦、扇貝等也拿來運用。」

「總覺得光您描述就能感受到十足的美味……」

「是真的很好吃呀。不過我也真沒想過自己會在隱世做這道料理就是了。那就馬上動手用現有的材料來實驗看看吧。」

「好的，真是期待！」

在現世的起司鍋，好像是發祥自瑞士的料理吧？

我第一次吃到這道料理，是在與祖父共度的第一個平安夜。

一般來說，這個節日應該都會準備烤雞或是牛排之類的典型豪華大餐，討小孩子歡心吧。

然而爺爺他可能是因為缺乏跟孫輩生活的經驗，或者覺得小孩都會喜歡起司，又或者聽從了誰的建議……總之最後決定用土鍋搭配傳統陶製烤爐，在暖桌上為我煮了起司鍋。

他還特地去買了麵包回來，即使他本人根本不愛吃。

用細細的竹籤叉起切丁的法國長棍麵包或德國香腸等自己想吃的配料，裹上融化的起司放入口中。這次初體驗讓年紀還小的我感到相當雀躍。

在我印象中，爺爺他平常應該偏好濃烈一點的葡萄酒。唯獨在吃起司鍋的時候，他為了我只會加順口的料理酒進去。實在是難忘的好滋味……

「原來史郎殿下也有這種為孫女著想的體貼呢。」

「不過我記得他後來偷懶沒持續攪拌，吃到一半就焦底了……雖然焦掉的起司也別有一番風味。」

不僅吃起來美味，自己選愛吃的食材並且裹上起司的過程也充滿樂趣。正因為起司鍋具有這樣的優點，所以我認為有潛力做為當地的體驗之一。

而且還帶有現世料理的時髦感。

「總之先來選出最適合煮起司鍋的起司吧。像這種不知道如何？」

我拿起小刀，從現有的塊狀起司中各切下一小塊，一一試過味道，找出最適合拿來煮起司鍋的種類。

最後選擇的結果是風味順口不膩的半硬質起司。

選好材料，我們總算進入起司鍋的試作。

先將準備好的起司切成小方丁並灑上太白粉，完成前置作業。

我請銀次先生負責處理試吃時所需的配料，我則在同一時間準備土鍋容器。

先用蒜頭的切面抹過土鍋表面後，再開始熱鍋。接著將白酒……不對，是料理酒與牛奶倒入鍋中，放入起司煮至融化。

料理酒雖然少了白酒的獨特香氣，但是也比較順口，不會干擾起司鍋的風味，讓小朋友也能一起享用。這也是爺爺以前為我煮出的滋味。

「哇～～起司融化的畫面看起來好迷人。」

「對吧～光是盯著鍋裡看就覺得自己好像置身瑞士的深山之中。等起司全煮化了，加一點肉豆蔻、鹽跟胡椒就完成了……嗯！感覺不賴。」

我用力地大口吸著鍋內緩緩飄出的起司香氣。

啊啊……為什麼融化的起司擁有如此令人無法抗拒的魅力呢？

此時銀次先生正好也幫忙燙好了北方大地特產的岩豬肉香腸，於是我把香腸切好之後插上竹籤，放入土鍋裡裹上起司。

趁濃稠的起司尚未滴落之前，一口吃下。

「燙！」

入口的第一個瞬間，熱騰騰的起司與口感脆彈的香腸所溢出的肉汁，讓嘴裡幾乎快被燙傷。然而我還是哈著氣享受這溫醇濃厚的滋味，最後滿足地嚥下。

哇……真好吃，實在太美味了。

心情簡直就像身處於冬天的山中小屋。正因為只要往外踏出一步就是冰天雪地，才能突顯這熱騰騰又濃郁的起司料理有多美好。

「哎呀……不過這還真是令人停不下來呢。開始想來一杯了。」

「起司本身很好吃，不過這岩豬香腸腸衣充滿脆彈口感，而且肉汁四溢，也很不賴呢。再加上起司實在是絕妙。這種搭配的料理在隱世很少見，只要加把勁行銷，一定能成為很強力的武器……」

明明說好只是試個味道，現在卻連其他配料也想拿來嘗嘗。

啊啊，早知道就先烤點麵包備用。

「哇！這是怎樣？」

「整間屋子都起司味。」

正值此時，雙胞胎戒與明兩人來到了廚房。

剛才聽說他們今天一早就跑去北海港口，看來似乎弄到剛剛才回來。

「廚房我借來用囉，現在正好在煮起司鍋。」

「起司鍋是什麼？先別扯這些了，妳聽我們說！」

「北方大地的海產不得了耶！」

雙胞胎馬上轉換了話題，並且大步朝我們逼近。

真難得看他們如此激動又沉不住氣。

看來是在北海港口那邊試吃了海產後受到莫大的衝擊，而迫不及待與我分享。

「兩位吃了些什麼海鮮呢？」

被銀次先生一問，雙胞胎的眼神放空了幾秒鐘的時間，回想先前的菜色。

「很大顆的鮭魚卵。」

「鱈魚白子。」

「鮪魚大腹肉。」

「奶油烤扇貝。」

「嗯，全是保證美味的主角級食材呢。」

而且還是現撈的新鮮當季海味，不用想都知道美味極了。

然而雙胞胎卻垂低著肩膀，臉上的表情有點失魂落魄。

「食材本身若已經是極致的美味，廚師根本派不上用場了啊。」

「就是呀。像那個油脂肥美的鮪魚大腹，只要沾點醬油一口放進嘴裡，馬上入口即化。那鮮甜的滋味實在過於幸福，讓我覺得死前最後一餐只要能吃到這個就心滿意足了。」

「還有扇貝也這～麼大一顆，放上一點奶油帶殼用炭火烤過，怎麼可能不好吃。」

「扇貝做成的生魚片也是一絕。食材本身太完美，反而讓人不想畫蛇添足了。真是無力～」

「身為廚師說這種話真的好嗎？」

這對雙胞胎實在是直話直說。不過聽著聽著讓我也不禁想像起北海的珍味，過於誘人的幻想甚至害我嚥了嚥口水。

不行不行！我在這裡還有必須完成的使命。

「我的確明白你們想要表達什麼，不過我在這裡要做的東西，某種程度上還是需要身為料理人的熱情。你們也要嘗嘗嗎？」

雙胞胎總算對起司鍋提起興趣，湊過來往土鍋裡瞧。

「原來是起司喔。」

「起司……就是那個充滿回憶的食材啊。上次為了這東西害我們被亂丸臭罵一頓。」

「對不對～」「就是呀～」

「哎呀，你們提起了令人懷念的往事呢。」

那是我在南方大地的一段夏日回憶。

因為我想弄點起司過來，於是雙胞胎為了我偷偷瞞著亂丸，拿了提供給高級客房的起司給我……

結果後來害雙胞胎被亂丸罵了一頓……事到如今他們還記得這件事，讓我莫名感到有點罪惡。

「這是用竹籤串起來嗎？」

「可以吃嗎？我可以吃了嗎？」

嘴上雖然發著牢騷，但他們已經用竹籤叉起喜歡的食材，準備就緒。

兩人分別將蒸過的馬鈴薯與煮熟的紅蘿蔔叉好，浸入裝滿起司的土鍋後再拿起來。

接著不出我所料，他們手忙腳亂地看著起司要滴不滴的，同時急忙放入口中。

「嗯……」
「這有點難說……」
然而雙胞胎卻歪著頭。
「不會吧，難道這道行不通？」
「也不是行不通，好吃是好吃啦……」
「是覺得這種滋味對於隱世妖怪來說，好像還是太具挑戰性了。」
反應不太樂觀的雙胞胎讓我多少有點受到打擊。
「……請問兩位的意思是，接受度還不夠嗎？」
「沒錯沒錯。」
雙胞胎對於銀次先生的發問點了點頭，同時又各自叉著配料沾起司吃了一口。嘴裡還一邊嘟噥著：「嗯～雖然好吃是好吃啦。」
「隱世近來雖然剛帶起了起司口味的風潮，但基本上還是僅限於甜點類。」
「要正式入菜，目前還不夠普及。」
「我明白妳就是看準了這個先機，但是現在這樣會覺得起司太搶戲了？該怎麼說呢……」
「多下一道功夫，融入妖怪們熟悉的風味也許不錯。」
起司太搶戲了是嗎？原來如此。
戒與明的說法很有道理。起司對我而言已是熟悉的味道，但是在一般隱世妖怪看來，還是充滿未知的食材。

說到底，起司在過去早已成為北方大地的主流食物，卻沒有普及到外地，這食物的門檻有多高也可想而知了。

在現世中的日本也是一樣的狀況。日本自古以來就有起司的存在，但是聽說直到起司蛋糕帶起了流行之後，才真正廣為世人所接受。

而且這還是很近期的事情。既然現世是這樣發展的，若是隱世現今開始盛行起司口味的點心，起司本身在今後應該也會慢慢滲透進大眾的生活之中。

沒錯，目前還急不得。

「既然如此，我就多努力一下，想想該怎麼調整成隱世妖怪能接受的口味吧。」

「我覺得光是加點醬油就會好很多。」

「搭配味噌或高湯感覺也不錯，不過妖怪還是最愛醬油吧……口味偏甜的。」

雙胞胎一邊分析著起司這食材的原味，一邊歸納出適合搭配的調味料。

我把剛才吃的起司鍋加上醬油調整口味，再重新熱過一遍試試味道，結果發現加了醬油的版本接受度果然好像比較高，就結果來說變得更美味了。

起司跟醬油這兩樣材料，的確很適合搭在一起耶。

「加醬油真是正確的選擇呢。」

「不愧是雙胞胎。」

「耶～～」

「耶～～」

雙胞胎懶懶地跟彼此擊掌。身為廚師的他們能力確實優秀，但永遠一副有氣無力的模樣。

看看人家銀次先生，正振筆疾書做筆記。

「起司跟醬油……這裡要畫重點。」就像這樣子。

為了提出正式企畫書，他似乎連我們無心的對話之中所迸出的點子也不放過，一一記錄下來以防忘記。

然而，就在下一秒。

「銀次！你在這裡悠哉什麼啊！」

亂丸一邊用威嚇的大嗓門喊著銀次先生，一邊走進廚房。

「你還有時間跟這些滿腦子只有料理的傢伙玩樂，現在就要出發去冰麗神社視察啦。走了！」

「咦咦！是今天嗎？我記得是明天吧？」

「行程調整了。好像是說今天能看到什麼不得了的東西。」

「？」

我與銀次先生面面相覷。「不得了的東西」是什麼玩意？

「可是我現在正與葵小姐一起構思起司鍋的企畫……」

「啥？起司……什麼來著？休想用這些莫名其妙的單字打發我！」

「就是這鍋啦。亂丸你也吃吃看吧？」

「……」

亂丸湊近起司鍋，用打量未知物體的狐疑眼神往鍋裡看。

「這什麼東西，看起來真噁心。」

「才不噁心咧，明明很好吃。」

我二話不說，先把叉好水煮香腸的竹籤遞給看似偏好肉食的亂丸，要他浸入起司鍋裡享用。雖然他的態度充滿懷疑。

不過他對香腸本身似乎很感興趣，所以還是順道沾了一下土鍋中的起司。

「嗯？」

他先露出了一臉詫異的表情，不過似乎對香腸很滿意，又拿竹籤叉起另一塊香腸裹上起司吃。

享用完畢之後，他的驚訝情緒也已經平復下來，拿出手巾擦嘴。

「嗯，這道料理似乎的確具有震撼力，接下來就交給丫頭負責吧。折尾屋飛船戒備森嚴，你大可放心。」

接著亂丸揪住銀次先生的後領，就這樣拖著他離開現場。

「葵小姐～我晚點要擬企畫書，請先詳細幫我記下您後續要做的東西還有重點事項～～」

銀次先生在臨走前還喊著最後的囑咐。

我目送他們擺著一紅一銀的尾巴遠去的模樣，同時在心裡暗想著這兩人走在一起的畫面真像一幅畫。

在這之後，我先烤了一點適合搭配起司鍋的麵包。

由於雙胞胎說想跟我學做麵包，於是我指導他們製作常用來搭配起司鍋的法國長棍。他們的學習速度果然很快，感覺在技術層面上很快就會追上我了，真是可怕……

不過話說回來，春日怎麼這麼久還沒來。

「欸～」

就在這時，一位少年從我面前的吧檯探出頭來，他有著淺淺的小麥色肌膚。

「哎呀！你不是太一嗎！」

我記得這個少年。他是先前我被擄去折尾屋時，負責監視我的夜雀妖怪。

不過後來我們還一起吃洋芋片，建立了一定程度的交情。

「你看起來精神不錯呢，我都不知道原來你也在船上。」

「嗯，我在這艘飛船上幫忙打雜，我們來吃垮姊姊妳囉。」

我這才發現除了他以外，還有好幾個小朋友外型的妖怪在場。

雙胞胎也從吧檯內探出頭往外一看。

「啊～差不多到小毛頭們的晚餐時間了呢～」
「我都忘記了，就用剛才烤的麵包還有起司鍋當他們的晚飯吧。」
兩人一搭一唱地敷衍了事。
折尾屋這裡的規矩跟天神屋差不多，會收留無依無靠的孩子們並且照顧他們起居。讓他們在旅館內做些打雜的庶務，同時培養工作能力。
這些小朋友不愧是能帶來異地的人選。與其說是小朋友，給人的印象還比較接近能幹可靠的小大人。
「欸，雙胞胎，晚飯還沒好嗎！」
「肚子都餓扁了耶～」
孩子們對著雙胞胎猛發牢騷。
「這些小子啊～完全不懂得對我們心懷感恩呢。」
「該說正值叛逆期嗎？而且還很挑食，真難搞耶。」
雙胞胎無奈地垂著肩。
個子同樣很嬌小的這兩人外表就像少年，難得看他們為了晚輩一個頭兩個大的模樣，讓我忍不住笑了出來。
「好了好了。大家先去把手洗乾淨。我們這就準備熱騰騰的起司料理。」
「好～～」

折尾屋的這群孩子老實地遵從我的吩咐。

趁這個空檔，我依照剛才實驗過一遍的醬油起司鍋重新備妥材料，並且把剛出爐的法式長棍麵包切成一口大小。

同一時間，雙胞胎則替我備好其他的配料。

「欸～～晚飯晚飯！」

率先回到原地的太一隔著吧檯催促我們。

「知道啦知道啦。你們先圍著餐桌坐定位。我會準備一大鍋，讓大家一起吃。」

於是孩子們立刻俐落地準備好餐具與熱茶，圍著餐桌坐好。

看來他們還是很能幹的嘛。

「今天晚餐吃『醬油風味起司鍋』唷。」

我在餐桌中央鋪上妖火圓盤，把土鍋放在上頭。接著現場將起司與料理酒倒入鍋中煮化，再加上各種調味料完成了這道起司鍋。

「唔哇～～」

「這是什麼！好厲害喔！」

緩緩融化的起司讓在場所有人都顯得很亢奮。

「用竹籤叉起這個切成方塊的麵包丁，然後裹上起司吃喔。現在就準備其他配料給你們。」

「好～～」

起司鍋大受孩子們的好評。

所有人都露出笑容直喊「好吃」、「好吃」，越吃越起勁。剛才切好的大量麵包丁也以驚人的速度消失。

此時，雙胞胎端著各種食材過來，包含馬鈴薯、胡蘿蔔與花椰菜等熟蔬菜，以及北方大地產的培根丁、香腸、水煮過的扇貝與蝦子。

實在太豐盛了，多麼豪華的一頓晚餐。

「你們還在發育期，要均衡攝取蔬菜喔。」

「不許有剩菜喔。」

雙胞胎細心叮囑著這群孩子。總覺得看見了他們不同的一面。

在這些孩子面前，他們還算是成熟的大人呢……

「你們竟然也會教育小朋友，感覺真意外耶。還以為你們一直都是被教訓的一方。」

「畢竟這次交付給我們的任務就是負責青蘭丸的船員伙食啊。」

「這裡氣候又特別寒冷，小毛頭們要是感冒了，我們也傷腦筋。」

「……」

他們果然是值得敬佩的料理人。

按照以往狀況來說，這對雙胞胎應該會要求回到折尾屋廚房工作，但是他們很清楚自己這回的職責是在這艘青蘭丸上為船員提供營養均衡的飲食，並且管理大家的健康。

而我也背負著相同的使命。這一次，輪到我為大家加油打氣。

「啊！對了對了。得好好做筆記才行。」

吃完晚餐，我收拾善後到一半才想起這件要緊事，急忙記下重點。

畢竟這是銀次先生的吩咐啊。

充滿雪國風情，而且適合在冬日享用的這道起司料理。

「孩子們能津津有味地吃完這一餐，真是太好了……」我獨自在心中竊喜。

插曲　銀次與亂丸

「哇～～這可真是壯觀耶。」

我是天神屋的小老闆銀次，來到北方大地所坐擁的歷史遺產之一——「冰麗神社」進行視察。

這間巨大神社是由名為永久冰壁的冰材所建蓋而成，在全隱世中亦屬三大神社之一。

山間林立著披上了銀裝的高大杉木。順著漫長的石階一路攀登而上，爬到終點時雙腳已經累得發僵，不過這冰雪打造而成的神社有親眼一睹的價值。

無論怎麼說，這可是隱世中的遠古遺跡。

「冰麗神社的祭祀對象是冰人族所信仰的『冬王』。」

「冬王呀。在童話故事中曾經聽過呢。」

「我一直以為冬王指的是冰里城城主，原來不是這麼一回事？」

面對亂丸的發問，清大人詳細地進行說明。

「冰里城城主終究只是冬王的代言人，並非本尊。所謂的冬王是北方大地這裡自古紮根的一種精靈信仰，有各種解讀。對不同地域與民族來說，冬王的形象也各有不同。若要概括說明，我想就是一種偉大的自然恩澤與力量……」

經過清大人的這番說明，頓時覺得這冰麗神社更添神祕氣息。

在完成視察後，我們仍繼續巡覽了好幾座類似的冰雪遺跡，直到夜色降臨時才搭乘飛船往北邊移動。

據清大人所言，駐守大冰河山脈觀測塔的學者捎來通知，說今晚的北方天空將會出現難得一見的奇景。

當我們抵達時，那所謂的奇景——也就是「極光」——已經來到肉眼可見的狀態。

隱世的極光和現世的自然現象很接近。

在清大人聽取觀測塔的學者們報告狀況的期間，因為期待而坐立難安的我忍不住來到船外的甲板上。手上還帶了一杯熱好的加糖牛奶。

「哇……真沒想到來這裡還能一睹極光的風采。」

我發出了讚嘆聲。

在旁邊喝著甜牛奶的亂丸反而面露一張諷刺表情，發出不屑的笑聲。

「哈！根據傳說，北方天空有一道裂痕，那裡是全隱世中距離現世最近的地方。現世的靈力從中傾瀉而下，形成美麗的極光，可真是令人稱羨的佳話呀。反觀流到我們南方大海的，卻只有來自常世的醜惡詛咒。」

「亂丸……」

這是我們與南方大地長久以來所面臨的課題，也是一種類似詛咒的糾纏。
話雖如此，也無法輕易羨慕這塊北方大地，畢竟這塊土地上也有自己所懷抱的問題。
我們兩人再次抬頭仰望極光。
飄浮於夜空中搖曳的光帶，就像色彩繽紛的仙女羽衣。
真想讓葵小姐也看看這片景色。
「咯咯！你心裡在想什麼，我全猜到了。」
「什麼？」
「我看你啊，是想讓那個丫頭也來看看這景色之類的吧。」
「咦？」
亂丸這番話讓我心頭一驚，不由自主豎起九條尾巴。
看見我的反應，他更是拍著膝蓋大笑。
「啊哈哈！你這小子還是一樣，心情全寫在臉上啊。」
「……」
明明天寒地凍，我的臉卻燙得像著火。我不禁低下了頭。
「銀次，你會掛心那丫頭，我也覺得不意外就是了。不過，若你懷抱的是更特殊的感情，那是給自己找麻煩。」
「……你、你在胡說什麼？」

「哪裡胡說了。就算其他人都沒查覺到，你也瞞不過我的。從上回在南方大地舉行儀式那時候開始，你的心思就全在那個津場木葵身上了不是嗎？」

「……」

「難得你們大老闆剛好不在場，你卻不懂得抓住機會奪走她的心。一個人偷偷單相思也只是苦了自己，我之前也曾經告誡過你了吧？」

我用力咬住臼齒，緊握著拳頭。

「我當然明白。」

用盡所有力氣擠出這句反駁，這種事我自己心裡當然再清楚不過。

亂丸一語不發，瞥了我一眼。

「葵小姐是大老闆的未婚妻，而這個稱號應該也即將成為過去式了。因為我想她的心已經屬於對方了。」

「是嗎？現在大老闆陷入那種處境，我看那丫頭依然跟往常沒兩樣啊。本來還以為她會更低落的，結果還是一樣傻了似地只顧著做菜，甚至看起來對你的信任更加深厚了。況且她對大老闆根本隻字不提。」

「那是有原因的！葵小姐只能用這種方式壓抑心裡隨時會爆發的情緒……當她得知大老闆可能被解任，失去天神屋大老闆之位的時候，露出了脆弱與害怕的一面，連我都不忍心看著原本那麼堅強，在逆境中仍挺身面對的她變成那樣。」

我一方面只想一心守護那樣的她，另一方面則是……

「我認為幫助葵小姐面對困難也是我的使命之一。只要能從旁協助……並且看著她一步步前進，我就覺得自己得到了救贖。」

「真是個爛好人。顧慮大老闆，所以扼殺自己的感情是吧。」

「……大老闆對我而言，是最值得敬重的存在，打從一開始我就很清楚結局會如此。」

沒錯，打從一開始。

從大老闆不惜削減自身壽命，為本應面臨死亡的葵小姐扭轉命運的那一刻起。

『銀次，有件事希望你能幫忙。我想救一個姑娘，她將是我未來的妻子。』

當時的我，內心覺得自己只是奉最敬重的大老闆之命行事。

即使大老闆在打著雷的那一晚去見了年幼的葵小姐，告訴我事態非常嚴重，我仍不以為意。

然而，就在我親眼見到那位年幼的女孩獨自待在昏暗房內，飽受飢餓與孤獨的摧殘，甚至已經淡然接受死亡的模樣……我感到強烈的絕望，不由自主地為她祈禱。

我希望這個女孩能活下去。

希望她能得到幸福。

正因為如此，所以在當時大老闆「像現在一樣無法動彈」的那幾天，我代替他來到年幼的葵小姐身邊，陪她說說話，並且提供她食物。

直到最後一天，我帶來大老闆用生命準備的「扭轉命運的食物」給她享用。

在那之後，經過我的安排，讓人類救出葵小姐，將她從那昏暗的家裡解脫。接著，突然現身的史郎殿下收養了她，似乎從此順利步上美滿的生活。

時光流逝，葵小姐又再次回歸孤獨。

因為史郎殿下不在了。

而她再次遇見大老闆，被帶往隱世。

如今，葵小姐成為天神屋的一分子，與我、大老闆還有上下員工肩並著肩，雖然時而遭遇困境，仍然記得常保笑容全力度過每一天。

回想最初相遇時的情境，彷彿是一場奇蹟。

葵小姐最終得到了救贖。

然而大老闆卻……

「葵小姐若得知當時的『真相』，想必會更用盡全力追隨大老闆吧。當她能抓住大老闆的心，我的使命也到此結束了。」

「……那丫頭也是有可能對你傾心啊。」

「葵小姐她……對我，並沒有那種意思。」

吐出這句話的同時，我抬起低垂的臉龐，環顧著籠罩夜空的一整片極光。

這畫面讓我覺得無與倫比的美。

眼底湧起一股溫熱……吸入的冷冽空氣讓我的喉嚨開始刺痛。

「我說過了吧，我敬愛大老闆，必定要讓那位大人以大老闆的身分回歸天神屋才行。然後希望他和葵小姐都能做出不後悔的決定，擁有他們的幸福。」

「但是……銀次，你也得想辦法找個機會將自己的這份感情正式做個了斷，否則會後悔的。就像我們倆直到最後都沒能親口告訴磯姬大人，成為了永遠的遺憾不是嗎？」

「……」

「畢竟人類的壽命比你想像中還短得多了。」

亂丸的這番話，或許確實有一番道理。

但這個故事早在葵小姐誕生於世之前展開，交織了多重的約定。

只要我還背負著與大老闆的「約定」——見證故事的結局……

我絕不會多踏入他們之間的關係任何一步。

第四話 春日的真心

時間來到當天午夜，我與雙胞胎一起收拾著幫折尾屋船員準備的伙食。
春日沒過來找我，果然還是讓我很擔心。
她也真是的，不知道是不是發生了什麼……
「欸，接下來可以交給你們倆嗎？我想去一趟冰里城。」
「是可以呀。」
「妳一個人沒問題？我聽說那裡頗危險。」
「沒事沒事，我有『忍者』跟我一起隨行。」
我隨即離開青蘭丸，穿過連接冰里城的空中停船場，進入城內。
雖然被冰里城衛兵投以質疑的冷酷眼光很不好受，不過現在的我握有入城通行證，所以順利過了關。
「……咦？」
「噢，葵小姐？」
此時，清大人、銀次先生、亂丸以及隨行的雷薩庫先生正好走在寬廣的走廊上。他們似乎剛結束視察工作。

「歡迎回來！」

我看了銀次先生一眼，他一如往常帶著笑容回我：「我回來了。」

感到一陣安心的同時，我向清大人詢問春日的下落。

「妳說她沒去折尾屋船上？」

「是的，我擔心是不是發生了什麼事。可以告訴我春日的房間在哪嗎？」

我需要身為助手的春日協助，然而她卻不見蹤影，我自然會擔心。

原本是出自好意才提出這要求，不過春日她……會不會其實心想「誰現在還要被妳當助手來使喚」之類的……

「……」

清大人沉思了一會兒後，告訴我們：「請跟我來。」

「城主，豈能讓閒雜人等入內！」

面對雷薩庫先生的苦言相勸，亂丸回道：

「我們就不跟去了。得快點泡個晨浴，去吃頓早飯。身體都已經冷到凍僵啦。對吧？銀次。」

「咦？可是怎能讓葵小姐落單行動。」

「呆瓜！兩個無關的漢子怎麼能擅闖八葉夫人的閨房，這裡就交給那個丫頭吧。」

雖然用詞很粗魯，不過亂丸某方面來說比誰都想得更周全。

他又一次拖著銀次先生離開了現場。

「……雷薩庫，讓葵小姐一人前往總行了吧？」

「真是……少夫人也真是的，不善盡自己的工作，不知道跑去忙什麼。」

雷薩庫先生似乎也同意讓我單獨前往，不過還是滿臉不情願。

「哇～～好香的氣味，這是草莓的香氣嗎？」

我在清大人的帶領下，來到了冰里城的屋頂。

屋頂上的平台用冰雪建造了半透明雪屋，裡面栽種著草莓，形成一片奇妙的農園景色。

「這是我們冰里城開發中的『雪屋草莓』。棲息於北邊山岳地帶的民族擅長搭造巨大雪屋，這種栽培方式就是參考他們的技術所設計而成。算是利用雪屋當成草莓溫室的概念吧。」

「真厲害耶。草莓的盛產季也許算是春天，不過也是冬天難得能收成的水果呢。在隱世好像也很少看到。」

「沒錯。草莓的幼苗是由位於春日家鄉的文門大學研究所改良研發的品種，葵小姐要不要也摘一點嘗嘗？」

「真、真的可以嗎？」

真高興，好久沒吃到草莓了。

「雪屋裡面意外地暖和呢。」

「因為設有溫度調節機制。雪屋的雪會緩緩融化滴落，能讓草莓提升甜度並且富含靈力。」

越想越覺得不可思議，運用冰人族技術所搭造的雪屋竟成了草莓的溫室。

而且種出來的草莓又大又紅，形狀也漂亮，尖尖的尾端很有特色。

既然清大人說可以摘來吃，於是我便挑了其中特別大顆的大口咬下。

「嗯～酸酸甜甜的！」

嘴裡的滋味讓我不由自主露出滿面的笑容。

「酸得恰到好處，而且風味很濃郁呢。再加上果肉的口感很紮實，與其說水嫩多汁，倒是覺得清脆爽口。」

如同雪舞菇一樣，這裡用融雪栽培出的作物，是不是都會偏向這種口感呢？

「請往這裡來，想要多少您都可以盡量帶回去。」

「咦，真的可以嗎？」

「當然。雖然目前僅止於實驗性栽培階段，不過我希望未來能慢慢發展成本地的新型產業。」

「原來如此，草莓是非常有力的武器呢。在現世也是特別受歡迎的人氣水果。」

外表可愛討喜，直接吃就很美味，加熱製成甜點或果醬也很棒。

栽種品牌草莓的名產地也推出各種使用草莓製成的紀念品，每年一到冬天，街頭巷尾的餐廳與西式甜點店也會舉辦草莓季。

而且草莓跟鮮奶油類的甜點根本是天作之合。

剛好北方大地這裡盛產鮮奶油與鮮乳，感覺能將草莓的美味發揮到淋漓盡致。

好，多摘一點回去吧。

「春日她……似乎很喜歡這種草莓，常常摘來吃。」

清大人忽然沒來由地提起春日的事。

然而他的眼神卻稍微瞥向一旁，聲調也比平常還低沉。

這讓我內心湧起一股焦躁與不安。

「清大人，請問……」

「是？」

「……您跟春日，呃，是不是，在相處上有點遇到瓶頸呢？」

這問題實在也太失禮了，不過我已經忍不住內心的疑問。

清大人似乎也覺得太過唐突，僵著臉上的正經表情，呆愣地眨了眨眼。

在雪屋出入口待命的雷薩庫先生似乎也聽見這段對話，額頭上冒出了青筋，朝我這裡狠瞪著……

「呃，如果這問題太荒謬了，先跟您道歉！只是，打從我一開始見到兩位，就有點在意你們彼此間的氣氛……畢竟是政治聯姻……所以猜想，以清大人的立場是否不太認同。」

我真是白目到極點了。清大人也困惑地垂低視線，面露難色。

「在葵小姐看來，原來也有這樣的感覺嗎？」

「咦？呃，這個嘛……對。」

清大人停頓了一會兒，慎重地回答我。他的口吻聽起來也還不太確定自己的想法。

「春日她……是我有生以來第一個交到的『朋友』。我自幼臥病在床，只有她願意來我身邊陪我玩耍。但是現在的我戒心太重，也許未能打從心底……信任任何人。我害怕失去可信賴的親信，也不願面臨背叛。如果我跟她之間的關係看起來很冷淡……那全是我一個人的問題。」

清大人帶著苦笑如此說道，臉上卻流露出一絲落寞。

經過前次的下毒事件，我也明白在這座城裡只要掉以輕心，就可能丟掉自己的命。

清大人成為八葉後，處在這爾虞我詐的環境下，也許已經忘記該怎麼打開心房，放下武裝來接觸他人了吧。

我心想這是多麼寂寞，多麼可憐的一件事。

「可是，春日她是自願說要嫁給你，辭掉天神屋工作的。」

「……葵小姐。」

「我一切都明白，因為春日她曾經親口告訴過我，她對您……」

話說到這裡，我急忙用手遮住自己的嘴。

春日的初戀對象就是清大人。

這可不是我能隨口說說的事。

「不好意思，葵小姐。好像讓妳替我們操心了。」

「怎麼會！我才抱歉。竟然像這樣……過問兩位的私事。」

「不會的。是我自己不爭氣，總是落得這樣的結果。以為所有事情都步上軌道，結果沒有一個如願……真是丟臉。」

清大人一臉為難地笑著。

我覺得自己好像逼得他吐出了這種喪氣話。

光是要善盡八葉的職責，恐怕就已經讓清大人焦頭爛額了。

現在的他也許根本擠不出一點時間，好好地跟在童年被拆散的春日說說話。

「春日的房間就在穿過草莓農園後的別館裡，從這裡直走就能到達。」

「清大人，你不去見春日嗎？」

「我……上次對她說得太過分了，目前還沒有臉去見她。她沒去找葵小姐，或許也是因為當時的那番話。」

春日，妳什麼都別做就行了——他指的應該是那一次吧。

「清大人……請問您不喜歡春日嗎？」

「……」

他只露出為難的笑，並沒有給我任何答案。不過──

「如果葵小姐願意，請用這些草莓幫她做點甜的吧，我想她一定會很開心的。」

「……清大人。」

「因為我沒有能力逗她開心，但是我想妳應該有辦法。」

光憑這句話，我就能明白清大人至少絕對不討厭春日。

在別館前掉頭折返的清大人，看起來是那麼地孤獨。

那是屬於少年的徬徨無助背影，背負著快壓垮自己的巨大壓力，卻始終抓不到能依靠的浮木。

我打開別館的門，裡頭已經有人在等候我的到來。

對方身穿紫衣，未露出口鼻，造型簡直就像忍者。不，她的確是忍者，應該是冰里城的密探吧。

「幸會，在下是春日大人的專屬護衛，名叫伊塔奇。」

「幸、幸會，我是來自天神屋的葵。」

「您有事找春日大人對吧，她人在裡頭。」

她似乎已經了解狀況。

伊塔奇小姐手持冰製的提燈為我帶路。

話說這間別館還真大，看起來幾乎沒人使用，原來春日住在這裡嗎？
位於別館深處的房間亮著燈火。
「那個，請問春日她還好嗎……」
「春日大人玉體安康，似乎從一早就在查資料。」
「……查資料？」
我打開了散發出燈火的那間房。
不愧是城主夫人的房間，不但打理得井然有序，空間也很大。
啊，發現春日正在大床上把身子蜷縮成一團熟睡，她的周圍散落了好幾本書。
「咦？」
其中一冊讓我為之震驚，瞪大了雙眼。
是雜誌，而且是來自現世的。看起來相當有年代了。
春日是從哪裡弄到這種東西的？
除了雜誌以外，還有幾本現世的甜點書。伊塔奇小姐剛才說過她在查資料，不知道究竟在調查些什麼？
「嗯～」
就在我翻閱雜誌時，春日正好醒了。
「咦，小葵？」

「早，春日。妳睡得很香呢。」

「啊！難道已經晚上了？對不起！我身為助手卻曠職了！」

「喔喔，這倒無所謂啦，反正是我擅自提出的要求。而且妳一直忙著查資料對吧？」

看春日開始慌起來，於是我安撫了她。

平常總是能幹又無懈可擊的她，只要出了一點小錯就會慌了手腳。

「……我稍微調查了一下現世的點心，有些問題想要請教小葵妳。」

春日要我到床上坐著。

我告訴她我帶了現摘的草莓過來，攤開了包著草莓的手巾。

伊塔奇小姐端來加糖的熱抹茶牛奶，於是我們決定拿來搭配草莓一起享用。聽說北方大地這裡習慣在牛奶裡加入砂糖、抹茶或黃豆粉等調配享用。

酸酸甜甜的草莓搭配微苦卻又溫醇的抹茶牛奶，沒想到意外合得來。

春日說自己也很喜歡這樣的組合，總是在閱讀時間享用。

難怪伊塔奇小姐剛才立刻貼心地端著熱飲過來。

歇息片刻之後，春日繼續剛才的話題。

「欸，小葵妳還記得嗎？我曾說過跟阿清一起去現世的事情。」

「嗯嗯。」

那是春日與清大人年幼時的回憶。

在文門大地醫院療養的清大人，與當地八葉的孫女春日是一對共度童年的青梅竹馬。

聽說文門大地坐擁大圖書館，不只隱世內的書籍，就連現世主題的藏書也相當豐富。

他們一起讀遍了關於現世的書籍，漸漸對於這個異界產生了憧憬。

我記得春日是趁身為文門狸的八葉——也就是她的祖母不注意時，偷偷弄來現世的通行證，帶著清大人一起前往。

「妳聽我說，我呀……回想起來了。為什麼當時的我會想帶著阿清去現世。」

春日翻開其中一本書給我看。

正是我剛才在翻閱的那本現世舊雜誌。

「阿清當時在醫院裡邊看著這個邊說……『想去看看現世的這幅景色』。」

「這是……東京鐵塔沒錯吧？」

大紅色的電波塔，在日本無人不知無人不曉的存在。

據春日所說，在隱世這裡也具有一定的知名度，成為現世日本的象徵。

「我跟阿清當時就是為了一睹東京鐵塔，出發前往現世。不過我們入境的地點離鐵塔有段距離，只好以聳立於天空之下的紅色巨塔為目標徒步前進。反正人類也看不見身為妖怪的我們，我們就慢慢走、慢慢走……可是走到半路肚子就餓了。」

春日與清大人當時身上沒有現世的貨幣，所以似乎陷入了窘境。

不過幸好有個看得見妖怪的人類男子叫住他們，給了一枚五百圓硬幣。

「哇，原來現世也是處處有溫情。」

「那個人知道隱世的存在唷。似乎是因為難得看見隱世的妖怪跑來，而且還是小孩子，所以給了我們五百圓硬幣，說什麼當作跟我匯兌，跟我交換了隱世貨幣。」

「呃……這樣應該不算給吧？」

一開始還覺得真是溫馨佳話，結果越聽越不對勁……

我認識一個很有可能會幹這種事的人類，可是我沒有勇氣確認。

「那個人啊，說他常常來隱世，臉上表情不知該說是耀武揚威還是自信過剩。還有，好像長了顆淚痣。」

「啊～啊～我知道了，我很清楚他是怎樣的人了……不重要，妳繼續說下去吧。」

我想十之八九就是我家的爺爺……吧？

不過我並未向她確認得更詳細。一方面是打斷人家說話不禮貌，一方面則是默默祈禱答案不是他。

春日說他們倆就把拿到的五百圓硬幣捏在手心裡，幻化成人形之後進入某間咖啡廳。

「然後呀，我們在那裡吃了一種棕色的甜點，不過我完全想不起來那道甜點的名字。我拿了從娘家帶來的書從一大早查到現在，依然毫無頭緒。」

「棕色……巧克力蛋糕之類的？」

不過巧克力蛋糕這麼常見，應該很容易猜得到吧？

「我想可能很接近，但是不是那個。不過我猜應該也是現世的蛋糕類……吧。」

「嗯……棕色的蛋糕，然後排除巧克力，會是什麼呢？而且還是在咖啡廳裡吃到的。」

「當時好像還蔚為風潮。給了我們五百圓的那個男人說既然難得來到現世，就該吃最流行的那道甜點。隱約記得名字聽起來有一種很時髦的感覺。」

我稍微思考了一會兒。

雖然說是當時的流行，但「當時」到底又是哪個年代？

「順便問一下，那你們倆覺得好吃嗎？」

「嗯！很好吃！甜中又帶點微苦。然後我記得阿清他當時說那道甜點有加起司。」

「……起司？」

有加起司的棕色蛋糕……難不成是——

「妳說的應該是『提拉米蘇』吧？」

「啊啊啊！沒錯沒錯！就是這名字！」

春日腦中的片段記憶終於銜接上，我也因為猜出正確答案而忍不住拍響了雙手。

我記得提拉米蘇確實搭上了起司蛋糕的潮流，同時在九〇年代的日本掀起新風潮。我猜春日跟清大人就是在那個年代去現世的吧。

雖然早就知道了，不過……這兩人果然比我年長呢。

「欸，小葵。我很想做提拉米蘇給阿清嘗嘗，妳可以教我嗎？」

「嗯嗯，當然沒問題呀，不過得先準備材料才行呢。奶油起司跟鮮奶油這裡都有……再來只要湊齊咖啡跟可可粉就行了。」

可可粉的話，其實夕顏店裡就有了。

是以前大老闆誤認成巧克力而買回來的食材。

上次的巧克力已經消耗完了，不過用途其實挺多樣化的，所以我拜託他下次去現世出差時可以再幫忙買回來。

至於咖啡的話，在這裡就沒見過了呢。

感覺隱世不至於沒有這東西才對，找銀次先生討論一下好了。

「好！材料感覺應該不成問題。」

「太好啦！我是想說若順利的話，也許還能成為北方大地的新名產……」

「春日妳真的是很機靈耶。嗯嗯，我認為是有機會的唷。畢竟使用了起司，而且以前也曾在日本引起風潮。根據過往的經驗來看，這種類型在隱世也很有潛力。」

「小葵妳也很機靈嘛。」

春日此刻終於重回原本的開朗，不過她是希望助清大人一臂之力，才會找我商量這件事吧。

她肯定昨天就在煩惱著如何讓清大人至少打起精神，並且有動力繼續放手做他想做的事。

必須讓這股充滿兩人回憶的苦甜滋味在這個雪國落地紮根，並且在未來開花結果。

「您說咖啡嗎？天神屋就有唷。」

「咦！銀次先生，你是說真的嗎？」

時間來到隔天中午，我在食堂與銀次先生商量昨天的事。

「嗯嗯，高級客房中的西式房型『銀蓮花』備有咖啡豆與磨豆機唷。」

「原、原來還有那種客房。」

「畢竟也是有些比較崇洋的有錢妖怪，我這就派人把夕顏的可可粉還有咖啡沖泡組帶到這裡來吧。」

銀次先生從懷中取出了信使。

「看來沒有問題，今晚就會有使者從天神屋過來。」

「啊！那可以順便再追加一樣嗎……」

我厚臉皮地提出了某樣鬼門大地的特有食材。

此時雙胞胎正在食堂裡準備中午的伙食。

竟然是……被譽為「北海紅寶石」的野生紅鮭鮭魚卵所做成的丼飯。

「真是作夢也沒想到能在這裡享用鮭魚卵丼呢。」

「雙子昨天不是去了一趟北海漁港嗎？聽說是在那邊採購了大量的野生紅鮭魚卵回來，加上醬油新鮮醃漬而成的唷。」

紅鮭的魚卵雖然小顆，但是呈現豔麗的紅色。

滿滿裝在木盆裡的這些鮭魚卵，供大家自由取用到自己的大碗公裡，再添加自己喜歡的佐料。

這艘船上的折尾屋員工人數雖然不算太多，不過能在漁市競標到足以餵飽所有人的分量回來，這對雙胞胎廚師果然有兩把刷子。

價格想必肯定不便宜，不過亂丸似乎主張有看到中意的就買回來，意外地大手筆呢。

「唔哇～大白天吃這個會不會太奢侈了？感覺會被天神屋的大家抗議呢。心臟不知怎麼地跳得好快……」

「沒關係啦，銀次先生不用客氣，大吃一頓！」

使用妖冰製成的冰湯勺撈起滿滿的鮭魚卵，一整坨淋在白飯或是醋飯上享用。

銀次先生選擇了白飯，不知為何一邊懺悔地念著：「天神屋的各位，抱歉抱歉。」同時卻毫不客氣地撈了一大匙，另外還刮了一大坨生芥末才離開。

我則選擇了醋飯，拿兩片青紫蘇葉鋪在碗邊，一樣撈了一大匙的醬油醃漬鮭魚卵淋下。散發著紅寶石般光澤的魚卵一顆顆滑落在醋飯上……光是欣賞這畫面就讓我覺得心靈被洗滌，進入無我之境。

「葵殿下進入了神祕的境界是也……」

在一旁拿著特大碗公準備就緒的佐助，說了絕妙的吐嘈。

他的這句話讓我頓時回過神來，灑上蔥花完成這道丼飯。

「我要開動了！」

語畢，我開始享用這期待已久的第一口。

一陣迸裂的口感過後，鮮味緊接著在口腔中擴散。

溫醇的醬油風味與恰到好處的鹹味讓我發出一陣長長的讚嘆聲。

濃縮了所有鮮甜的一顆顆紅寶石，實在太下飯了。將鮭魚卵用紫蘇葉包起來嘗嘗，結果又是令人無法招架的清爽美味。

「啊啊！真是美味！既然北方大地有這種夢幻海味，天神屋的房客們也會有興趣搭乘豪華遊覽船來訪這裡吧。」

銀次先生也興高采烈地擺動著尾巴說道。

「欸，別顧著吃鮭魚卵丼，也要攝取蔬菜。」

「不許剩下來喔。」

雙胞胎在餐桌中央放了一只大盤子，裡頭裝的是雪地白蘿蔔與皺葉菠菜做成的沙拉。上頭灑上酥炸魩仔魚與核桃，淋上鹽味醬汁享用，可以品嘗到新奇的爽脆口感，吃起來特別香。

重點是雪地白蘿蔔水分豐沛又甘甜，皺葉菠菜口感柔嫩而且不帶草味。

這些全是在冰天雪地中凝聚而成的獨特美味。

「話說回來，銀次先生你們昨天去視察了幾個北方大地的遺產對吧？好像花了一整晚的時間耶，是在很遠的地方嗎？」

「不，因為那晚大冰河山脈上空正好會出現極光，所以上山視察了一趟。」

「極光……難道就是那個極光？」

「是的。雖然產生的原理跟現世不太一樣，不過的確都是飄浮於夜空的七彩光帶。隱世這裡只有北方大地的最北處能看極光，景色實在過於壯觀，所以我跟亂丸一邊喝著熱熱的砂糖牛奶一邊欣賞。」

「是喔～超羨慕的。」

極光這種景象，我當然從沒體驗過。

我也好想親眼看看呀。

「聽說隱世的極光是來自現世的大氣外洩所產生的影響，北方大地的上空有裂痕，傳說那裡與現世相通之類的。」

「……南方大地原本也是鄰近常世的一塊土地對吧。一樣的道理，北方大地這邊則是靠近現世的意思囉？」

「有這個可能。所以在極光出現的這兩三天期間，能在北方上空看見有趣的東西。」

「有趣的東西？」

已經掃空鮭魚卵丼的銀次先生喝著熱茶點頭。

「詳細內容我也不太清楚，不過清大人說希望葵小姐您明天也能一道同行。」

「咦！我也可以跟你們去視察嗎？」

「當然可以。親眼一睹北方大地遺產，也許能藉此體驗激發新的點子。就目前所聞，我認為起司鍋是個非常好的提議。」

「成果會如何，也只能等實際問世後才能知道就是了。不過對於吃慣起司的北方妖怪來說挑戰性不會太高，而且還可以添加醬油啦、味噌啦，變化出妖怪偏好的口味。等未來普及於北方飲食中，店家也可以自己研發出獨到的風味吧。」

「嗯嗯，您說得沒錯。這一次葵小姐的立場終究只是提出企畫。就像天神屋的地獄饅頭一樣，必須是其他人也能做出的味道才算成功吧。不過這次由您擔綱監製研發的大任，必須回收足夠的酬勞做為回報才行呢。企畫要是成功了，似乎可以向冰里城收一筆權利金唷！」

銀次先生的雙眼開始發亮。我一邊吃著沙拉裡爽脆的甜蘿蔔一邊苦笑。

不過他接著語帶感慨地繼續說：

「雖然我最喜歡的夕顏還是在那個中庭裡營業的簡樸小食堂，不過偶爾研發土產、經營夜鷹號那樣的攤販，或是像現在這樣來到異地貢獻智慧……擔綱大型企畫，我認為這些也都是夕顏的另一種使命。葵小姐果然不愧是史郎殿下之孫，在隱世能擁有舉足輕重的影響力。」

「……銀次先生？」

他這是怎麼了呢？

為何突然一本正經地說這些。

「老實說，這些事業產生的利潤遠超過經營夕顏的盈利。所以葵小姐您也許意外地能提早還清債務。」

「……咦？」

這件事已經被我遺忘很久了，這才想起來我在夕顏工作的最初目的是為了償還在天神屋欠下的債務。

像這樣工作所得到的收入，也全數拿去抵債了。

「順帶一提，地獄饅頭一案的收入已經讓您還清了一定數目的債款。」

「天啊！真的假的？」

「真的，沒騙您。」

話題突然開始散發銅臭味，於是我們在熱鬧的食堂裡壓低音量討論。

以夕顏為根據地，用接外包的方式還債，是我當初從未想過的。

都是因為有大老闆、銀次先生還有天神屋上下的各種建議、後援以及鼓勵，現在的我才能用最踏實的腳步一路前進。

「小葵，工作辛苦啦。總覺得有股好香的味道，妳烤了什麼嗎？」

「嗯？是餅乾唷。口味最普通的那種，是待會兒需要用到的材料。」

現在時間是午夜十二點。

春日來到折尾屋的廚房與我會合。

「那麼現在要來試作的是北方大地特產企畫的第二彈商品——『經典提拉米蘇』與『雪國提拉米蘇』。」

「請問小葵老師，為什麼要分成兩種呢？」

「春日與清大人回憶中的提拉米蘇，也就是現世的經典口味。而另一種則選用北方大地這裡能供應的食材來變化，有潛力發展成地方特色名產。」

春日與清大人在過去嘗到的經典提拉米蘇，少量製作是沒問題，若是要量產的話，要找到咖啡與可可的固定供應來源有一定的難度。

但是提拉米蘇本身是很好的發想，所以我才希望加入少許變化，利用相對容易取得的當地食材來實驗看看。

那麼現在就開始吧。

妖怪與人類的時間觀有點落差，現在半夜十二點的感覺才接近晚上九點，不過還是得加快腳步。

畢竟明天上午還要去參觀北方大地遺產啊。

「……嗯？」

就在此時，我發現廚房外格外吵雜，於是出去了一趟。

看折尾屋的船員們個個大驚失色，我心想不知發生什麼事。然而，見到一位雪女從對面朝我這裡走來後，我便恍然大悟地暗想：「喔喔……」

「我是有聽說人差不多快到了……但沒想到『天神屋的使者』原來指的是阿涼喔？」

「看來似乎是這樣耶，小葵。沒想到偏偏是阿涼小姐啊。」

阿涼平常在這個時段總是一副狼狽又累趴的模樣，現在卻紅光滿面，雙眼有神，就連背桿也挺得筆直，看起來走路都有風。

「哎呀，好眼熟的窮酸人類丫頭跟圓臉狸貓女呀～噢呵呵呵呵！」

不饒人的嘴巴也處於絕佳狀態呢。高聲大笑的模樣讓我回想起過去身為天神屋女二掌櫃那時的她。

「阿涼，回到自己的地盤上還真有精神耶。」

「那還用說，冰雪正在呼喚著我！」

莫名其妙……

不過她似乎好好遵照了吩咐，從天神屋帶著該帶的東西過來。

「來，妳要的咖啡跟可可粉，我還帶了其他很多東西唷。我是不清楚妳拿這些東西要幹嘛，不過我都好心親送到府了，妳會幫我做頓好吃的吧。」

「我是這麼打算啦，不過阿涼妳要在這裡待多久？不然乾脆來幫忙吧。」

「啥？為何我非得在這大半夜陪妳鑽研興趣啊。」

「妳要是來幫忙就可以試吃成品喔。我們要做時髦的大人系甜點，好～甜好～好吃喔。」

「……」

下一秒，阿涼已經拿著春日即時遞上的束袖帶開始挽起衣袖。

「呃、哼！反正只要趕得上星華丸明晚的營業時間，好心幫點忙也不是不行囉。」

只要掌握正確的使用方式，阿涼這個人其實也是很隨和的好姊妹呢～

於是我們再次回到廚房。

「現在要開始製作提拉米蘇囉，材料有這些。用來代替馬斯卡彭起司的奶油起司、鮮奶油、砂糖加上蛋黃、蘭姆酒還有烤好備用的餅乾——以這些為基底，再搭配不同食材以變化出各種口味。至於『經典提拉米蘇』則需要加上咖啡與可可粉。」

「欸欸！剛才材料裡提到的蘭姆酒是什麼？」

春日在我介紹到一半時突然舉起手發問，於是我指著檯面上的瓶子回答：「就是這個。」

包裝上寫著「南國蘭姆酒」。

「這是用提煉蔗糖所剩下的糖蜜製成的蒸餾酒。聽說南方大地那裡原本就有生產類似的黑糖燒酒，最近也開始嘗試製作現世口味的蘭姆酒。因為折尾屋飛船上有庫存，我就借來用了。」

「這種酒好喝嗎？」

「阿涼，妳可不許碰。」

阿涼的酒品本來就已經夠差了……

「這種酒可以拿來調雞尾酒，不過在我看來，覺得主要是用來製作烘焙點心比較多。因為能增添絕佳的香氣。」

眼看阿涼正把手伸往蘭姆酒，我一把拿走酒瓶擺到遠處，以遠離她的魔掌。

「另外一道『雪國提拉米蘇』所需要的材料則有紅豆沙跟雪砂糖，分別用來代替咖啡與可可粉。清大人所準備的北方大地特產中有一樣『雪花砂糖』，我想用這個來製作出不同的口感。」

這種粗粒砂糖外觀近似雪花形狀，看起來特別可愛。

不過舔一口就會立刻化開，而且像雪花一樣冰涼的口感也很新奇，所以我老早就想拿來運用在甜點製作上了……呵呵呵。

「事不宜遲，那就開始進行作業吧。」

這次的提拉米蘇我希望主要交由春日來掌廚，所以先向她說明了基本步驟。

「現在要先來製作兩種提拉米蘇通用的……說內餡好像也不太對，總之是最主要的部分。」

「吃起來溼溼軟軟又綿密，帶有起司風味的那一層嗎？」

「沒錯。距離妳上次品嘗都那麼久了，記得還真清楚耶。就是奶油起司餡的部分。先把蛋黃、砂糖與蘭姆酒放入容器中攪拌均勻。」

「我知道了，小葵。」

春日用她過人的吸收能力掌握步驟後開始著手操作。

接下來要把奶油起司也加進去，同時繼續攪拌均勻。

同一時間，我則麻煩阿涼幫忙打發鮮奶油。

「才不要咧，為什麼我就得負責這種苦差事！」

「鮮奶油必須裝在用冰水冰鎮的盆子裡打，才能確實打發啊。我希望妳能幫忙打到能拉出尖角的程度。好啦，要我去準備冰水自己打也行，但是我想說妳自己就能冰鎮盆子了吧？畢竟是雪女。」

「啊啊，原來如此。」

阿涼莫名其妙被我的說詞說服，認命接下打發鮮奶油的任務。前一刻明明還在發牢騷……

我分別親自示範了步驟之後，便將工作交給她們倆來進行。

趁這段期間，我則要來準備左右兩種提拉米蘇風味的關鍵部分。

首先是經典版本。

我現磨了咖啡豆，盡可能泡了最濃的咖啡液。接著選用看起來適合盛裝提拉米蘇的四方形木酒杯當容器，將剛出爐的餅乾搗碎後鋪底，倒入濃縮咖啡液浸濕餅乾。

接著是雪國版本。

一樣將預先準備好的紅豆沙鋪在酒杯的底部。

吸收了咖啡液的餅乾所呈現的顏色，與和菓子主要材料的紅豆沙很相近，但風味卻迥然不同。不過呢，其實兩種跟起司都很搭。

「小葵～起司餡攪拌到這樣可以嗎？」

「葵～我的手已經痠啦。」

春日與阿涼剛好同時喊住我，於是我分別前去確認她們的狀況。

「很好，那就把打發的鮮奶油加入起司口味的內餡裡，繼續拌勻……」

嗯！大概這樣就差不多了。

「欸，餅乾泡在咖啡裡變得軟趴趴的耶。」

「這是什麼～聞起來苦苦的，真詭異的東西。」

春日與阿涼看著我剛才準備好的咖啡餅乾底，露出一臉狐疑的表情。

「喔喔，底層就是要這樣啦，現在要把起司餡倒在上頭。」

我將起司餡倒往酒杯裡，淹沒咖啡餅乾底，另一邊也同樣倒入起司餡蓋住豆沙底。接著重複進行相同步驟，完成剩餘的數量。

「好了嗎？完成了沒？」

「阿涼妳別心急啦。這些必須放入冰箱靜置一晚才算大功告成。」

「什麼？」

「欸，小葵，那可可粉跟雪砂糖要用在哪裡？」

「在吃之前灑在表面上唷，春日。真期待明天的最後完工步驟。」

春日的臉頰上沾到了不知道起司餡還什麼東西，是她剛才全神貫注製作提拉米蘇的證明。

我無法百分之百重現出她與清大人記憶中的滋味。

但是我希望這至少能成為一個契機，讓這兩人以同時身為兒時玩伴與年輕夫婦的立場，好好地促膝長談。

時間來到隔天，我起了個大早準備好出門。

今天要前往位於北方大地喀雅雅湖畔的古冰城。

那裡似乎是冰里城城主代代相傳的別墅，而清大人在繼承之後似乎計畫將古城改開發為博物館，以此為中心來打造冬季觀光區。

「所以阿涼妳也要去喔？」

「難得回來一趟，我也想看看家鄉的景色啊。」

阿涼昨晚就睡在我的房裡。

我醒來時發現她早已起床，興致勃勃地梳妝打扮。

原本自甘墮落的她竟變得這麼積極主動，果然是因為回鄉的關係嗎？

「阿涼妳自從到天神屋工作之後，有回來北方大地過嗎？」

「少之又少，大概兩隻手數得出來吧。就連我以前當傭工時侍奉過的人家，都無消無息了。」

「……這樣喔。」

「喀雅雅湖就在我出生的村落附近，所以想說去看看也無妨。雖然聽說那邊已經沒人居住了，不過反正難得有機會去到那一帶嘛～而且小老闆也答應讓我一起同行了。」

阿涼的口氣雖然悠哉，不過我知道她很掛念故鄉的現況。

她應該希望能回到自己出生長大的原點，呼吸久違的熟悉空氣吧。

這種念頭我也有，因為我也會不時好奇現在的現世是什麼模樣。

「機會難得，把提拉米蘇完成後一起帶去吧。」

「挑這種時候？葵～我們可不是去賞雪的啊～」

「所以阿涼妳最後吃不到自己辛苦完成的提拉米蘇也無所謂囉？視察回來之後，妳就得立刻趕回星華丸了不是嗎？」

「啊！差點都忘了。啊～不想上班啦！」

「阿涼妳喔，工作能力明明很強，卻毫無幹勁呢。」

準備完畢後我繞去廚房一趟，將可可粉與雪砂糖分別灑在經典提拉米蘇與雪國提拉米蘇上頭，完成最後步驟。

就試吃結果來說，兩種都很成功，做出的成品完全沒有違背想像。

我將這些提拉米蘇裝盒之後用大方巾確實包起來。

「要給春日跟清大人的份是兩杯經典款……然後大家一起吃的份，經典跟雪國分別要……」

嘴裡一邊如此碎碎念。

我抱著兩個包袱離開折尾屋的飛船，發現當地的交通飛船「雷雷號」就停泊在隔壁。

「哇！好大一艘船～」

天神屋與折尾屋的飛船都是帶帆的日式古船，北方大地這裡的則沒有船帆，反而蓋了類似高塔的設備，塔尖上的巨大冰塊散發熠熠光輝，像燈塔一樣射出細長的光線。

船身看起來也相當堅固，簡直媲美戰艦。

不過，只要是八葉乘坐的飛船基本上都具有一定的戰鬥力，全稱為戰艦也不為過就是了。

「小葵～阿涼小姐～」

穿著毛茸茸的斗篷並且戴上帽子的春日，也早已在飛船的登船口等候。

「春日，妳不管到幾歲都還是個小孩子耶，包得圓滾滾的像顆球一樣。」

「阿涼小姐真囉嗦，貍妖跟冰人族不一樣，我們很怕冷的啦。」

經過一番鬥嘴，我們隨即穿過通往飛船的空橋。

此時亂丸正在登船口前站著，手持菸管吞雲吐霧。

「唷，丫頭們。我聽說妳們昨天在廚房玩到三更半夜，原來有準時起床啊。」

「才不是在玩咧，亂丸。」

我們與他錯身而過，進入船艙內。

船艙內部的確就顯得有點老舊了，不過反而有另一種風情。

「欸欸，折尾屋的大老闆，我也想跟著你去阿清那邊。」

春日趁著亂丸正打算轉身入內時，一把抓住他的外褂。

亂丸轉過身去，明顯露出了一臉嫌麻煩的表情。

「啥？那個城主小少爺吩咐過，要妳跟那群女人待在一起啦，他說這樣妳也比較自在吧。妳有什麼特別的事要找他嗎？」

「也不是什麼特別的事……只是有點話想問他。」

「好吧……反正也不關我的事。妳想來就來吧。」

春日說了一句：「嗯，是我自己要去的。」便踩著輕快腳步跟上亂丸後頭。

我急忙攔住了她。

接著把帶來的包袱中比較小的那一包遞了過去。

「這給妳，是昨天做的提拉米蘇，是妳跟清大人在現世吃過的口味唷。這是個拿給他嘗嘗的好機會，帶去跟他一起享用吧。裡面有附湯匙。」

「哇……小葵，謝謝妳！」

春日抱著包了兩杯提拉米蘇的包袱，鼓足鬥志地喊了一聲：「好！」

加油呀，春日！妳一定能跟清大人互通心意的。

「……所以我們要怎麼辦？」

「嗯……被丟下了呢。」

我跟阿涼被留在原地面面相覷，不知該何去何從好……

「旁邊就有間客房可休息是也，葵殿下與阿涼殿下請往那邊請。」

「哇！佐助？」

佐助突然從天而降。

雖然平常就有感受到他總是默默在一旁守護著，但是毫無預警地現身是會嚇到人的耶。害我抖了一下。

「航行時間約四十分鐘是也。話說葵殿下……包袱裡裝的是什麼？」

「啊～啊，這小子還是一樣對吃的特別敏銳呢。」

「阿涼殿下可沒資格這麼說是也。」

佐助表現得微怒，似乎極度不願被阿涼調侃。

「好了好了，要是真這麼好奇，你們就一起先開動吧。反正距離抵達目的地還有一段時間的樣子。」

休息室裡備有妖火圓盤、燒水用的大茶壺、水、茶葉還有小茶壺，看來可以自行泡茶飲用。

我們泡好了綠茶，並且打開裝著提拉米蘇的盒子。

「啊啊……真香的味道。」

起司餡的香味掠過鼻腔……

灑滿褐色可可粉的「經典提拉米蘇」共有兩杯。

灑滿白色雪砂糖的「雪國提拉米蘇」則共有四杯。

「手邊大小合適的容器只有這木枡酒杯，雙胞胎說湊合著用也沒關係，我就拿來用了……不過意外地有隱世風情又帶著時髦感，拿這來盛裝提拉米蘇然後用小湯匙吃，也許是正確的選擇呢。要設計為土產的商品也採用這種包裝應該就可以了？嗯！我在企畫書上這樣建議好了……呃，啊！佐助跟阿涼早已經開動了！」

佐助選了經典款，阿涼則選了雪國款開動，不知道到底有沒有在聽我說話。

「嗯～」

入口即化的濃醇起司風味，似乎讓兩人發出了好一陣陶醉呻吟。

我懂我懂。

經典版的提拉米蘇香甜的奶油餡裡又帶著起司的淡淡酸味，搭配微苦的可可粉，交織出絕妙無比的成熟風味。浸過咖啡液的餅乾也徹底變得鬆軟，帶來新鮮的口感。

而雪國版的提拉米蘇灑了冰涼的雪砂糖，讓起司餡的表面結了一層薄薄的冰，吃起來多了一份恰到好處的爽脆與清涼。

底部的紅豆沙與起司餡的組合，創造出新穎中又符合妖怪喜好的和風甜點。

「我最喜歡起司風味的奶油餡了。鮮奶油或卡士達醬類的點心雖然香甜美味，但是吃多了會容易膩。而起司類的奶油餡因為帶有微酸，能夠一口接一口，越吃越上癮。」

「……」

「好啊，根本沒人在聽我講話。」

不出我所料，阿涼跟佐助比起聽我說話，更陶醉於初次品嘗的提拉米蘇之中。

好吧，看他們似乎吃得津津有味，那我就放心了。

北方大地生產的起司品質優良，做出的提拉米蘇也令我相當滿意呢。

「不知道春日能否順利把提拉米蘇送給清大人。希望那兩人也能互相坦白自己的心意，修復好關係。」

眼看阿涼跟佐助正偷偷對留給銀次先生與亂丸的份伸出魔爪，我一邊在心裡如此祈願著，一邊狠狠拍掉他們倆的手。

望向窗外，是一整片披上銀霜的雪景。

兩隻雪兔跳呀跳地穿越了純白得近乎完美的雪原，一路留下了足跡。

插曲　春日與阿清（三）

我走在雷雷號的昏暗通道上，正要前往阿清所位於的駕駛艙。

「欸欸，折尾屋大老闆，在你看來，覺得阿清這個人怎麼樣？」

「啥？」

我突然裝熟地向折尾屋大老闆亂丸發問，於是走在前頭的他轉過頭來，露出一臉微妙的表情。

他應該沒想到我會丟出這種問題吧。

「哈！妳很在意自己丈夫的形象嗎？」

「難免啊。我必須看出他是否擁有身為八葉的資質。」

「這什麼理由。是以妻子的立場還是文門狸的立場？如果我說那小子不是塊當八葉的料，妳會怎麼做？」

「那麼到時候……我會請阿清把這個位置讓給別人來坐，這也是為了他好。然後文門狸會切割掉北方大地與天神屋。」

「……咯哈哈！沒想到妳這個狸貓姑娘長得這麼無害，卻很有膽識嘛。」

亂丸不知道是覺得哪裡有趣，對我放聲大笑。

「那個小少爺要是有妳這種割捨一切的覺悟就好了。他天資聰穎又夠敏銳，可惜就是情感太細膩了。他確實有所作為，但是太認真看待必然產生的憎恨，把這些全往自己身上扛，這樣是無法改革這片荒蕪之地的。在那之前他就會先撐不下去了。」

「那不然你認為該怎麼辦才好？你們改革南方大地，活絡當地產業，不就是建立在樹敵之上嗎？」

「重點應該就是要有長期抗戰的覺悟吧？那個小少爺雖然已經有樹敵的覺悟，卻沒有義無反顧的勇氣。每一次的鬥爭都削弱他的意志，哪有辦法完成改革。」

「……原來如此。」

這就是一手打造出隱世第二大旅館，連面對天神屋都不畏挑戰的折尾屋大老闆嗎？

這次也二話不說與妖都對立，就為了與最初互為競爭對手的天神屋站在同一陣線。

這種類型的領導人雖然不是所有下屬都吃得消，卻能凝聚願意效忠的崇拜者，並且擁有果斷的判斷力，只要決定了目標，就再也不會動搖。

這個人有著阿清目前最需要的領袖特質。

「你偶爾也會說些很有道理的話嘛，不愧是南方八葉。」

「什麼偶爾，我跟妳根本也沒講過幾句話。」

「不過我從小葵那邊聽過很多關於你的事，也知道你的相關傳聞。」

我裝熟裝得太過頭，讓亂丸有點不爽。

「喂，話說那是什麼東西？我看八成是妳跟那個料理痴一起做的吧？」

「料理痴指的是小葵嗎？」

「除了她還有別人嗎？總覺得有一股特別甜的氣味。」

「不愧是狗，光用嗅的就知道？你晚一點去找小葵討吧，她還有準備你跟小老闆的份。」

「……」

進入駕駛艙後，我見到裡面站著幾位操控飛船的冰人族駕駛員、天神屋小老闆還有阿清與雷薩庫。

啊啊，開始緊張起來了。阿清會願意收下這提拉米蘇嗎？

說起來他還記得當時在現世吃過的這道甜點嗎？

我隔著和服將手覆上了掛在胸口裡的冰里城通行證與阿涼小姐送我的鈴鐺，平復自己的緊張情緒。

「清大人，您是認真的嗎……」

然而就在此時，我聽見小老闆與阿清的對話。

「您說要讓春日夫人回到天神屋？」

「是的。自從天神屋的各位光臨本地……春日她也比以前更活潑了。與其讓她待在這裡，暫時留在天神屋也比較安全。」

「……阿清？」

阿清的這番話令我感到難以置信，只能佇立在原地。

他發現我的存在後，瞬間露出為難的神情瞥開視線。

然而他又立刻換上嚴肅的表情，大步朝我走近。

「春日，妳為何在這裡？我不是說過要妳跟葵小姐她們在一起嗎？」

「阿清，要送我回天神屋是真的嗎？」

我試圖質問的聲音帶著顫抖。然而……

「我是如此打算的。春日來到這裡已經數度受到性命威脅，身體也弄壞了。妳沒必要留在這裡讓自己受苦。在紛爭平息以前，待在天神屋對妳比較好。」

阿清的語氣平淡得沒有溫度，無法摸清他心裡的真實想法。

這讓我覺得既難過又不甘心。

「我現在正與小老闆商討此事……」

「我不要！」

所以我扯開了嗓門，用震驚在場所有人的音量大喊，並且猛力搖了搖頭。

裝著提拉米蘇的包袱被我緊緊抱在懷裡。

「……春日？」

「阿清……你還記得我們以前跑去現世的事嗎？」

那是屬於我們的兒時回憶。這個問題讓阿清的臉上突然流露出一絲純真。
也許他想起了那時候的事吧，即使只有一瞬間。
然而他下一刻又換上比原先還更難看的表情。
「現在……可不是敘舊的時候。航程途中是很危險的，何時何地會遭遇空賊襲擊都不知道。」
「可、可是……」
「夠了。回去吧，春日。妳跟葵小姐她們待在一起也比較自在吧？」
阿清的這句話讓我更是氣不過，猛力踩響了地板。
「可是我永遠也忘不了！」
「春、春日？」
我的怒吼不只讓阿清嚇了一跳，也讓在場所有人為之一驚。
但我仍不顧現場氣氛，擅自繼續說下去。
「阿清那時候用充滿期待的雙眼，凝視著現世的景色、建築與人們的生氣蓬勃。那副模樣我永遠也忘不了。你說總有一天要讓北方大地像現世的城鎮一樣充滿生機，而且要為此飽讀書籍，並且治好虛弱的身體。當時性命垂危的你，不是對我暢談著滿懷的希望與夢想嗎！」
在那次冒險之後，我們被隱世的大人們帶回來狠狠訓斥了一頓，然後被迫分隔兩地。
我不許你說自己已經遺忘了那些在現世的所見所聞、品嘗過的美食，還有我們踏往未知世界的那股勇氣。

『春日，妳真的願意陪我嗎？』

『當然！我也想跟你一同前往未知的世界探險！』

我從來沒有忘記過唷。

而且也依然記得那時自己在心中立下的誓言。

然而你總是這樣，永遠選擇逃避我。

把我趕往安全的舒適圈，不肯對我許下承諾，讓我跟你一同面對前方的暴風雪……

「阿清是大笨蛋！既然這麼嫌我礙事，我就如你所願回去天神屋！」

我抱著沒能送出去的提拉米蘇，再度用震耳的大嗓門嚎啕大哭，同時離開了駕駛艙。

「春日……」

感覺隱約聽見了阿清呼喚著我的名字，但是他的聲音隨即埋沒在我的大哭聲中消失。

總覺得至今以來按捺在心裡的所有寂寞與焦慮一口氣潰堤了，果然我還是個幼稚的小孩子。

「哇！春日，妳是怎麼啦？」

我飛奔進小葵與阿涼小姐所在的休息室，抱緊她們。

「哎呀～貍妖ㄚ頭變成真的狸貓了……」

我哭得太厲害，妝容全都花掉，現在臉上一定非常狼狽。

阿涼小姐反常地拿著手帕為我擦臉。

待在這些人的身邊果然最讓我感到自在。我是不是真的回去天神屋比較好？

然而內心某處的另一個我搖頭否定。

妳已經吐出真心話而且哭個過癮了，但是妳最珍惜的那個他，現在還沒有勇氣展現自己最脆弱的一面——她對我這麼說。

第五話 湖上古城

「呃，請問……」

我實在無法對哭著回來的春日坐視不管，所以跑來清大人他們所在的駕駛艙。

然而清大人的貼身侍從雷薩庫先生卻擋在門口。

真是似曾相識的情景呀。

「請回吧，城主目前在處理要事。」

果然不出所料，雷薩庫先生狠狠瞪著我，拒絕放我入內。

「可、可是，春日她剛才哭著回來，所以我想弄清楚到底發生什麼事。還有……春日她努力做了這個，卻沒能拿給清大人就回來了，所以我想幫她轉交。」

「裡面裝的是什麼。」

他用銳利的眼神盯著我的包袱。

「呃，是一種叫做提拉米蘇的點心。」

「點心？那麼不安全的東西……城主只能享用我們貼身侍從所準備的膳食。」

「可、可是……裡面絕對沒有下毒！我們剛剛才嘗過了。」

然而雷薩庫先生絲毫不為所動。

春日特地用心製作的甜點，要是最後沒能讓對方嘗到，我都替她難過了。

此時船艙上方突然出現一隻手，輕輕用指尖敲了敲雷薩庫先生的肩頭。

翩翩降落地面的人影是身穿深紫色服裝的冰人族女忍者。

她正是春日的隨身護衛，伊塔奇小姐。

「雷薩庫，你放心。我全程目睹少夫人與天神屋的姑娘們料理的過程，裡頭並沒有下毒。」

「伊塔奇……竟然連妳也！」

「你要是這麼擔心，自己試毒不就得了。我……也想順便試試。」

「呃，啥～～」

剛才還板著臉毫不通融的雷薩庫先生，突然發出莫名的大叫並且歪著臉。

總覺得這畫面太有趣，害我忍不住噴笑。

「這裡剛好有兩份。其實本來是希望讓春日跟清大人一同享用，不過既然狀況變成這樣，看來也無法如願了。其中一份就請兩位試試看是否安全吧。如果沒問題，另一份就交給清大人。」

雷薩庫先生仍然一臉懷疑，不過沒多久後便輕嘆一口氣答應。

「好吧。我跟伊塔奇來試毒，如果安全的話就允許妳拿給城主。但是飛船待會兒即將經過空賊『可霧偉團』頻繁出沒的山岳地區上空，城主目前正為此處於緊繃狀態，妳可別礙事。」

接著他攤開了包袱的大方巾，取出其中一杯提拉米蘇之後，充滿懷疑地打量一番，手執小湯匙挖了一口品嘗……伊塔奇小姐也順便有樣學樣。

「唔！好甜……不對，苦苦的？」

「這裡頭加了起司對吧？實在太美味了。」

他們倆人的反應雖然迥然不同，不過似乎驗證了確實沒有下毒。

「進去吧，辦完要緊事就盡快離開。」

雷薩庫先生從懷裡取出手帕擦嘴後，主動為我開門。

我踏入駕駛艙，見到幾位冰人族的駕駛員、銀次先生跟亂丸。

還有清大人也在。

「……」

然而清大人一臉消沉地呆坐在椅子上，一看就知道心情十分低落。

「您、您還好嗎？清大人！春日一定願意原諒您的。」

「是說為什麼偏偏挑那個矮冬瓜狸貓女啊？憑小少爺你的身分可以討個更好的老婆啊。」

「亂丸！住嘴！你又在胡說八道了，春日可是右大臣的千金啊！」

「我當然知道啦。講真的，就地位而言，女方那邊還比較高。要是真的惹火人家，最後鬧得婚約告吹的話，吃苦頭的可是北方大地啊。」

「夠了喔～亂丸！」

「啊～～銀次你囉嗦死了，像個老媽子一樣！」

銀次先生與亂丸先生圍在清大人身邊，你一句我一句地爭執。

而清大人他……還是一樣處於低落狀態。

看來他與春日發生口角的事情果然是真的，而且嚴重程度似乎對他的精神層面造成不小的打擊。

「那個，清大人……」

「……葵小姐。」

清大人緩緩抬起頭。

他的臉色蒼白不是一兩天的事，不過現在看起來還充滿著擔憂。

平常那麼溫和沉著的他，難得露出這副模樣。

「請問，春日她現在還好嗎？」

「她哭累之後就睡著了。她幾乎從未哭得那麼厲害，所以我也不知道該如何安撫才好，不過幸好有阿涼在。別看阿涼那樣，其實把春日託付給她照顧最可靠了，畢竟是春日的前上司。」

「……這樣啊。」

清大人心裡果然還是很擔心春日吧，他垂下肩膀。

「那個，請問兩位之間到底發生了什麼事呢？」

「……」

銀次先生看清大人無言以對，於是適時地代為回答。

「這個嘛……葵小姐，清大人提議在北方大地政局恢復安定以前，暫時送春日回天神屋生活。」

「咦咦！送春日回來？」

難怪會起口角……

雖然這對我個人來說一半算是好消息，但是一考慮到春日的心情……

清大人也是出於對春日的關心，才下此決斷吧。

但是這樣的話，春日好不容易做出的覺悟又該何去何從呢？

「真是受不了那個狸貓女，人如其貌，還是個黃毛丫頭啊。嚎啕大哭得跟什麼一樣。」

「亂丸！別看春日那樣，可是學識豐富又幹練，充滿耐性的好姑娘！在天神屋裡比誰都來得勤快，為了大家東奔西走……」

「是呀，沒有錯。春日是聰慧的姑娘，行動力強，最重要的是堅忍不拔。」

清大人用毫無高低起伏的聲調，緊接在為春日護航的銀次先生後頭說道。

「清大人……？」

「春日她不會表現出傷害他人的負面情緒，總是滿面開朗的笑容。當初卻因為我的任性害她被逐出文門大地……現在又為了我，被帶來這種地方。」

他繼續垂低著臉說下去。

「正因如此，只要一想到她是否又在為我逞強而讓自己的身心受到折磨，我就擔憂得不得了。畢竟我想不會有人願意嫁來這種冰天雪地，而且毫無人情的冰里城。」

「才沒有這回事呢！春日她一直很高興能嫁給清大人為妻。因為對她來說，你是她的初戀對象啊。」

「……咦？」

「啊！」

我在脫口而出後才理解剛才的自己說了些什麼，立刻摀住嘴。

明明在心裡提醒著自己不能大嘴巴，剛才卻不小心順勢講出來了！

「……」

清大人抬起頭，臉上的表情呆若木雞。

他的臉漸漸變得通紅，又再度猛低下頭。那種反應充滿了少年的青澀，害我都有點跟著難為情了。

不過我總算能理解，這兩人之間的隔閡是從何而來了。

他們都希望自己能成為盡責的八葉、盡責的八葉夫人。

逼自己裝出大人的架勢，顧全對方與大局的結果，就是讓原本應該保持純真的感情變得糾結，無法傳達給對方。

正因為如此，我才必須把這份禮物轉交給他。

「清大人，這是春日為了您製作的甜點。老實說，本來希望由她親手送給您的，不過目前的狀態也不適合。總之請您嘗嘗看。」

若要問我現在能幫上什麼忙，我想就是讓清大人好好品嘗我跟春日一同完成的提拉米蘇，並且見證這個過程。

清大人接過我遞上的包袱，放在眼前的圓桌上打開。

「這是……」

他看著包袱的內容物，雙眼緩緩瞪大，似乎馬上就意會過來了。

「什麼啊～竟然拿木枡酒杯來當容器。妳這個料理痴的思路還是一樣詭異耶。」

我狠瞪了插嘴的亂丸，同時還是仔細介紹了這道甜點。

「這是一種名為提拉米蘇的現世甜點，使用了北方大地這裡的奶油起司與鮮奶油——這應該不用多說。」

「……」

「清大人，您知道這樣甜點嗎？」

「嗯……真令人懷念。」

接著清大人拿起湯匙，挖了一匙酒杯裡的提拉米蘇靜靜地放入口中。

他緩慢卻又仔細地品吟其中的滋味，隨後瞇起眼睛。

「呵呵，這的確就是我跟春日瞞著大人去現世遊玩時所吃到的東西，屬於那個世界的甜點。」

他一邊回想著早已存在於遠昔記憶中的這股滋味。

「當時的我一直認為自己沒剩多少日子可活了。我的心臟不好，各方面都不如人，對於一無是處的自己感到很絕望。然而，自從春日偶然出現在我的生命裡，每一天都變得充滿色彩了。她一直以來……總是給予我肯定。用那張太陽般的明亮笑容陪我談天說地。」

清大人漸漸流露出溫柔的表情，就像融化的冰山。

充滿回憶的提拉米蘇入口即化，轉為一股甜美滋味，似乎稍稍打動了他的心。

「我跟春日以前最喜歡一起閱讀現世書籍與圖鑑了，因為對那個未知的世界懷抱著憧憬。而且據說北方大地是隱世中最接近現世的地區，所以我從小就有很深的嚮往……」

清大人暫停了一會兒，拼湊著下一句。

「所以我不小心說出了『希望至少能在死前去一次現世看看』這樣的心願，真的太過輕率又任性了。春日為了我從文門大地的院長大人那邊偷來了通行證，帶著我一起前往現世。還說想跟我一起看看從未見過的世界。」

「我記得兩位是想一睹東京鐵塔對吧。」

「呵呵，沒錯。葵小姐妳聽春日提過了嗎？東京鐵塔對我而言是現世的象徵，光看照片都覺得激動。當時遠遠看見本尊也相當震撼。」

清大人一邊掩嘴一邊稍微放聲笑了出來。

「我跟春日朝著鐵塔走了好久，中途又累又餓，於是去了春日一直很嚮往的西式咖啡廳，嘗了提拉米蘇。由於實在讚不絕口……我就說真希望能拿北方大地的起司來製作這道甜點。我告訴她……我希望自己……能讓這塊土地變得更好……」

說到這裡，清大人停下了手部動作。

他用力撐著眼眶忍住淚水，眼神同時又充滿了悲傷與憐愛。

「我必須向春日道歉才行。原來我當時所說過的每一句話，她從來沒有忘記。」

就在此時，船艙內響起類似警報聲的音響與通知降落的廣播。

我嚇得身子微微彈了一下。

清大人已放下湯匙，將提拉米蘇重新用大方巾包起來，一臉嚴肅地起身俯瞰冰窗外的景色。

「各位，我們即將抵達喀雅雅湖。飛船降落時將會產生些許……不，是一定程度的搖晃，請抓緊扶手。」

接著飛船在喀雅雅湖的結冰湖面上降落。

「唔哇！」

搖晃程度正如同剛才所預告一般頗為強烈。大概是湖面的厚冰層破裂所產生的衝擊吧。

明明已經緊抓住手把，我還是一個勁地倒往銀次先生身上。

他踩穩馬步，撐住我的身子。

「葵小姐，您沒事吧？」

「呃，嗯嗯。抱歉啊銀次先生……剛才狠狠撞到你的頭耶，會不會痛？」

「不會，葵小姐平安無事就好。」

銀次先生一確認船身的搖晃停止後，隨即快速縮回了手。

清大人也收回原本的感傷情緒，對在場的人做出指示。

「那麼請各位往甲板移動吧。目的地就在眼前，接下來將使用小型交通飛船移動。」

「我去通知阿涼她們！」

正當我準備急急忙忙跑出駕駛艙之際。

「呃，葵小姐……那個，麻煩轉告春日一聲，如果可以的話，希望她過來一趟。呃，不過不勉強就是了。」

清大人的眼神略為游移，語帶保守地提出了請求。這反應讓我覺得真可愛，於是點頭答應他：「嗯嗯。」

我回到剛才的休息室，結果目睹以下光景——

「這局由我拿下啦。佐助呀~你身為忍者，將棋卻下得很差呢。」

「唔唔，是阿涼殿下妳都來陰的是也。」

阿涼和佐助竟然正在下將棋。

哭累的春日仍維持躺在地毯上的姿勢。

「欸欸，你們在玩個什麼勁啊。快點去甲板上，已經抵達目的地啦。」

「是是是。」

「葵殿下，那春日殿下該怎麼辦？」

「她喔……欸，春日，醒醒。快起來囉，春日。清大人說希望妳也去一趟喔。」

我伸手搖醒披著毛皮外褂睡著的春日。

總覺得她整個人縮小了一圈，原來她變回了狸貓的模樣。

頭戴蝴蝶結髮飾的小狸貓外型雖然可愛，但一想到春日每次會變回這副模樣，不是因為受驚就是害怕，讓我感到有點心疼。

這證明了剛才的事情對她造成多大的打擊……

「哼，我才不去。」

而且現在還完全進入賭氣模式。

她縮成一顆褐色毛球，連看都不看我一眼。

「清大人嘗了妳做的提拉米蘇唷。」

「……」

「他清清楚楚記得跟春日去現世的事情，露出充滿憐愛、欣喜卻又泫然欲泣的表情。」

「真的……嗎？」

春日微微抖了抖耳朵，用圓滾滾的雙眼望向我。

「嗯嗯。所以我們走吧？清大人說想跟妳道歉，還有……」

我順便小聲地坦承了自己的罪行。

「抱歉，我把春日的初戀對象就是清大人的事情說溜嘴了……」

「咦咦？」

「真的對不起！」

我啪地一聲用力闔起雙掌向她賠罪。

春日滿臉通紅地說著：「這樣一來我更不敢去見他啦。」並用大大的狸貓尾巴遮住自己的臉。

阿涼跟佐助也發出「咦……」的厭惡聲對我翻白眼。

「這樣真的不行啦～擅自公開少女的單相思。」

「慘無人道是也。」

「我、我知道錯啦！所以這不是道歉了嗎？」

毫不留情撻伐的這兩人讓我更慌了，連連向春日說了好幾次對不起。

這怎麼辦好，清大人和春日難得有機會重修舊好，卻因為我多嘴的緣故搞砸了一切。

然而春日仍用尾巴遮著臉龐，小小聲地提議。

「欸，小葵，如果不強迫我變回人形，我是可以去一趟。」

「真的嗎？」

「嗯，畢竟現在這副模樣還能掩飾原本哭花的妝，妳抱著我過去好不好？」

於是，將春日的心意爆料給清大人的我就這樣抱著小狸貓外型的她，一起前往甲板。縮成一團的她就像顆栗子甜饅頭一樣，暖呼呼的好可愛。

「唔哇！好壯觀喔！看起來超夢幻的～」

由冰雪打造的古城面臨喀雅雅湖，在湖面上映出了倒影。

雖然比冰里城小了一圈，不過在四周景觀相襯之下顯得更加壯麗了。

城堡下方冰霧瀰漫，霧氣裊裊上升的景象也帶有一種神祕的美感。

「葵小姐，這是……春日嗎？」

銀次先生來到我身旁，湊近看著化身為小狸貓的春日。

「沒錯喔，銀次先生。她鬧脾氣說如果我不抱著她就不過來了。簡直就像變成小狐狸的銀次先生一樣呢。」

「咦咦？我曾經說過那種話嗎？」

銀次先生顯得相當慌張。

「……銀次，你……」

「不、不是這樣的，亂丸！這是誤會一場……應該吧。」

就連亂丸也用無言的眼神鄙視著銀次先生，是我說了什麼奇怪的話嗎？

阿涼在這冰天雪地的低溫中特別活蹦亂跳，佐助則是格外警戒著四周。

就在這時，清大人也查覺到我們而走上前來。

「春日……」

「……」

而春日在我的懷抱裡氣呼呼地撇過頭。

清大人配合春日的視線後說：

「抱歉，真的對不起，春日。我從未嘗試了解妳的心意，就擅自斷定一切。等回到冰里城後我們好好聊聊吧，順便一起回憶那些往事……」

「……」

「春日，過來我這裡吧。」

清大人對春日伸出手，撇過頭的春日偷瞄著對方的舉動，似乎相當在意。

她應該很想過去，只是拉不下臉吧……如此心想的我，便對清大人說了一聲「來」，把懷裡的春日放進他的臂彎之中。

「欸！等等！小葵妳這個叛徒！」

「因為春日妳太重了嘛……抱久了很累。」

「太、過、分、了！」

春日氣得尾巴都炸毛了，不過在清大人的安撫之下又變回乖巧的模樣，看起來心情似乎不錯。

她保持狸貓外型，在清大人懷裡縮成一團。

「感覺好久沒看到春日妳變成這副模樣了。」

「……自從來到北方大地之後，我再也沒以原形示人啊。誰知道會不會被抓去煮狸貓鍋。」

「才不會，明明如此可愛。」

毛茸茸看起來真好摸。冬天換上厚毛的狸貓實在太可愛，讓清大人生硬的表情也緩和了起來。春日抱怨歸抱怨，還是乖巧地待在他的懷裡。

也許只要維持這身模樣，她就能坦率地向對方撒嬌吧。

「總覺得不太對勁是也。」

「？」

佐助率先察知異狀，急忙站往我與銀次先生的前方。

我還悠哉地心想不知他是怎麼了，就在下一秒——

「阿清，危險！」

伴隨著春日的喊叫，槍聲幾乎在同時響起，瞬間劃破天際朝我們襲來。

我眼看著小狸貓外型的春日從清大人的懷裡跳出，努力張開嬌小的身軀承受攻擊。

「春日！」

清大人抱起倒地的春日，但是她已滿身鮮血……

我還無法理解到底發生了什麼事，唯一明白的只有春日她用肉身掩護了清大人。

「槍擊是來自那座古城的方向。狀況不太對勁！下一波攻擊要來了！」

在亂丸的呼喊下，所有人都趴低身軀。

好幾發冰製的子彈隨即朝我們這裡飛來。佐助一邊掩護著我們，一邊引導我們躲往大柱子後方。

「春日、春日！妳為何要……怎麼會這樣！」

然而清大人仍連連呼喚著春日的名字，緊抱著那沾滿鮮血的嬌小身軀。

他已經完全失了神，連企圖逃跑的念頭都沒有。

「城主，請您冷靜點！我們先暫時逃回船上吧，動作快！」

衛兵們在雷薩庫先生的指示下豎起冰盾阻擋槍擊，我們則在其掩護之下急忙逃回船艙內，緊緊關上厚重的船艙門。

被擊中的春日立即被送往船裡的醫務室。

我也因為這突如其來的狀況腦袋變得一片空白。

烙印在我眼底的，是嬌小的春日倒在血泊中的畫面……

「怎麼辦？怎麼辦，春日她……為什麼會發生這種事？」

我渾身顫抖地用手摀住嘴，對於現況充滿疑問。保持冷靜沉著的亂丸回答我：

「根據我的猜想，那座古城已經被盜賊占領了。」

「可是……今天早上與守衛聯繫時，對方表示沒有任何問題。」

清大人搖了搖頭，光是要釐清現狀似乎就耗盡了心神。

亂丸站往他的正前方苦言相勸。

「但是現在這狀況已經不是沒問題了吧。假設我們前來的消息被某人透露給盜賊，讓盜賊事先占領古城埋伏我們的話，一切都說得通了，或者守衛也是共犯。欸，小少爺你有什麼線索嗎？」

「……」

亂丸的一番話似乎讓清大人整頓好紊亂的思緒。

他在一次深呼吸後點了頭。

「……是，你的推論很有道理，許多人並不樂見我接任八葉一職。敵方應該就是將這一帶劃為地盤為非作歹的空賊——可霧偉團吧，試圖加強取締盜賊的我應該是他們想抹除的眼中釘。都是我太天真，以為空賊只會進行空襲而疏忽，結果害春日受到槍擊。」

清大人低頭回應。

然而在抬起頭的下一瞬間，他的眼神已變得堅定，彷彿有了身為城主的覺悟。

亂丸似乎發現對方眼底的銳利光芒，一個人暗自露出笑容。

在清大人等人進行商議後，很快就決定了接下來的對策。

雖然我未能參與討論，只能佇立於醫務室門前，同時祈求春日平安脫險就是了。

「欸，阿涼。春日她……不會有事吧？」

「這種事我怎麼會知道。真是的，每次都這樣不顧危險！這次也是比任何人都早一步查覺到古城中有人鎖定城主進行攻擊。為了保護他人不惜捨身，那丫頭就是完全不珍惜自己的生命……」

阿涼交叉著雙臂說道，口氣跟平常一樣冷淡。但是看她的眼神就知道，其實心裡替春日擔心得要死。

就在此時——

醫務室的門被打開，走出來的是身穿白袍的北方大地女忍者，伊塔奇小姐。

原來替春日進行治療的是她。

「請問！春日她……」

我們急忙奔向前，伊塔奇小姐則摘下口罩說道：

「春日大人的性命目前是保住了，但是仍處於險境，擊中她的是有毒的冰彈。」

「……咦？」

有毒的冰彈？那是……

此刻腦海裡浮現的是上次的毒餐盤事件。

我感受到強烈的不安，雙手在胸前緊緊交握，卻無法停止顫抖。

「是的。這種子彈設計為穿入體內後，內含的毒液將隨著體溫緩緩融出。殘留的半顆已經順利取出，但是另外半顆已經融化……非常抱歉。沒能保護春日大人的安全，責任全在我。」

伊塔奇小姐深深鞠躬賠罪。

我們一時之間無言以對，她抬起臉告訴我們：「不過……」繼續說明下去

「有個辦法可以拯救春日大人。冰彈中所含有的毒是萃取自雪菇中被稱為『時雨菇』的品種，是一種只生長於冬季的罕見菇類，使用另一種『利口菇』則可以做出對應的解藥。」

「利口菇？只要有那個，春日就能得救嗎？」

「是的，不過近年來這兩種菇類都越來越難以入手。過去山區居民會拔除時雨菇，採收利口菇來販售，但那些山間村落也已經滅絕……冰里城裡也沒有備品，目前只能進入北方深山中採集新的回來了。最多只有三天的時間吧。」

「……」

也就是說，春日的性命目前只剩下三天。我們聽完說明後陷入了絕望。

忍著盈眶的淚水，進入醫務室的我們走向春日身邊。

她仍維持狸貓的模樣，側腹部的傷口已用繃帶包紮完畢，不過仍無力地躺在床上。身上的皮毛變得凌亂又狼狽，身體還微微打顫。

這副模樣簡直令人不忍直視。她半睜開的雙眼變得黯淡無光。

「春日，春日妳振作點……」

「……小葵，抱歉，害妳擔心了呢。」

她的聲音沙啞，呼吸相當微弱，看起來非常痛苦。

一瞬間，我不禁想像春日離開這個世界的可能性，而感到一陣恐懼。

「春日，妳那什麼弱不禁風的德性，妳這隻狸貓的唯一優點不就是活蹦亂跳嗎！」

春日聽見阿涼的聲音，原本半開的無神雙眼隨之睜大。

接著她說：

「……我一直都相信阿涼小姐會再次成為女二掌櫃喔。所以……真希望能再次目睹妳身為天神屋女二掌櫃之姿啊……」

我想春日是刻意留下這番話吧。

她的身旁擺著冰里城通行證，還有以前阿涼送她的鈴鐺吊飾。

阿涼忍著盈眶的淚水，罵了一聲：「笨蛋！」

「妳幹嘛搞得好像吩咐遺言一樣！妳也不想想我是誰！女二掌櫃有什麼困難，不用等妳性命垂危我也會馬上爬回去的！所以……」

接著她伸手撫上小狸貓失溫的雙頰。

「我可不允許喔。當我重返榮耀，回歸女二掌櫃的位子時，妳要是沒獻上祝賀的話，我肯定饒不了妳！」

阿涼之前才發下豪語說不稀罕幹什麼女二掌櫃了。

我心想那果然不是她的真心話。

一想到春日的生命可能就這樣漸漸凋零……阿涼再也不隱瞞塵封的野心，做出覺悟向春日一吐為快。

「妳已經不用再當我的下屬，受命於我了，妳待在這裡享受幸福人生就好。偶爾回來天神屋玩，我會以女二掌櫃的身分好好招待妳……這樣就足夠了。所以妳要努力再撐一會兒，我一定會救活妳的。」

這是我第一次目睹阿涼為了別人落淚。

這番話似乎替春日帶來一股勇氣，她稍微放鬆表情，並緩緩閉上雙眼。

「春日……」

「別擔心，春日大人只是因為止痛藥所以睡著了。」

在伊塔奇的催促下，我們離開了醫務室。

清大人他們隨即得知春日的狀況。

清大人扶著額頭，神情難掩內心的動搖……

在目前與空賊對峙的狀態下，還得尋找為春日製作解藥的利口菇。

「是否應該先撤退，折返冰里城一趟比較好呢？」

「銀次你在胡說什麼。這時候轉身逃跑就正中對方下懷啦！考慮到今後局面，現在應該一舉進攻！」

「可是……亂丸，再這樣拖下去，春日就……」
「逃回城裡也沒有最重要的解藥可用啊。」
在銀次先生與亂丸激烈辯論的同時，阿涼正看著擺在前方圓桌上的毒草圖鑑。她直盯著上頭的「利口菇」仔細端詳，然後說：
「我知道這香菇耶。」
她隨口的一句話卻充滿衝擊力。
在場所有人頓時停止動作，不發一語地注視著阿涼。
「這種雪菇好像就長在我以前居住的村落後山上，長老大人曾說過這是很珍貴的東西，所以我特別有印象。」
「……呃，所以，既然這樣的話……阿涼！」
「嗯嗯，我憑著印象去採集回來吧。」
真是出乎意料。
沒想到阿涼在這種緊急的局面竟然帶來如此有用的資訊。
在場所有人都暫時陷入目瞪口呆，沒多久之後清大人抓著阿涼的手，用真摯的眼神詢問：
「利口菇一事能拜託妳嗎？」
他伸出的手顯然顫抖著，像是尋求著唯一的希望。
阿涼也肯定地點了點頭，答應這位北方大地少城主提出的請求。

「嗯嗯，當然。這裡可是我的故鄉，我是在山間村落長大的雪女，對北方的冬天瞭若指掌。況且……春日是我疼愛的前下屬，可不能讓她在這裡喪命。」

阿涼在剛才與春日對話時，早已下定了決心。

在這之後，我們擬定出之後的對策。

為春日尋找解藥材料「利口菇」的任務，交給阿涼、我還有銀次先生執行。我們在逃脫此地之後，往過去阿涼家鄉所位於的北方山區前進。

同一時間留在雷雷號上的清大人、亂丸與佐助等人，則負責討伐占領古城為巢的盜賊。

雖然都是具有風險的任務，但現在只能放手一搏了。

因為我們並非從春日的性命與北方大地的名譽之中做出取捨，而是兩方都要保全。

為了尋找替春日製作解藥所需的利口菇，我們一行人決定前進北方山區。

阿涼一邊從雷雷號的儲藏庫中準備前往雪山所需的物資，一邊要求我留在船上。

「葵，這次行動對妳來說太冒險了，妳還是留在這艘船上比較好。」

「不，我也要去。阿涼跟銀次先生要是有什麼萬一，我的料理還能派上用場，幫忙恢復靈力不是嗎？」

「話是這麼說沒錯，但妳是個人類啊！」

儘管阿涼咄咄逼人，我還是繼續忙著把行李打包好。

在有限的時間下，我並不打算製作太費工的料理。只要有經過最低限度的烹調過程，具有恢復靈力的效力就好。

這艘雷雷號上存放的罐頭類儲糧看起來能派上用場。

「阿涼小姐，葵小姐的個性只要下定決心就不會回心轉意，我們還是認命協助她吧。而且我認為某些場面確實會需要仰賴她的料理。」

「真是的，連小老闆都這樣。剛才明明命令不情願留在這的佐助待在船上。」

「佐助先生身手過人，是討伐可霧偉團不可或缺的戰力。況且……要是我們真有個萬一，必須留個人即時連絡天神屋，能做到這一點的也只有他了。」

「……唉，真拿你們沒辦法。」

阿涼最後答應讓我同行，不過臉上的表情還是充滿擔憂。

因為雪山的可怕她再清楚不過了。

這一次，她將成為帶頭的領隊。

「我們會負責把可霧偉團那幫傢伙引開，到時候請依照這個路線繞往敵軍背後，脫隊往北方山區前進。這個任務就交給各位了。」

我對著駕駛艙圓桌上攤開的地圖進行了確認。

接下來我們必須逃脫雷雷號，避開盜賊的耳目前往北方山區。

目前已得知喀雅雅湖被可霧偉團的團員包圍，準備對我們進行伏擊。

上空也有一艘空賊的飛船。

為了逃脫這樣的天羅地網，清大人等會將發出特殊警報，對潛伏於古城內的盜賊宣戰。

那是冰里城城主代代傳承的雷雷號上所設置的「融冰警報」，一大只能使用一次。當警報聲響起，聲音所及範圍內的所有冰雪都將融化，唯獨永久冰壁除外。這是相當了不得的武器。

古城是由永久冰壁所打造，所以並不會融化，不過喀雅雅湖面的結冰層以及妖冰製成的武器等將會一口氣化為雪水，失去原有功能。

那幫盜賊應該會一時亂了陣腳，我跟阿涼就趁亂坐上銀次先生的後背，一起逃往北方森林——這就是我們的計畫。

「銀次，可別輸給那種小混混了，你還有那兩個女人要保護啊。」

「我知道，亂丸。」

「那種貨色三兩下就能殲滅，咬死他們。」

「……亂丸你比我更適合這種路線吧，應該說我已經能想像那個畫面了。」

亂丸看起來一臉蓄勢待發。因為依照計畫，在警報響起之後，雷雷號上的士兵與亂丸也將前往古城進行攻堅。他應該打算大鬧一場吧。

「那麼，阿涼小姐、葵小姐還有小老闆，祝各位武運昌隆。」

我們在清大人的目送之中，前往背對古城方向的甲板上。

銀次先生化身成巨狐之姿，讓我跟阿涼騎上自己的後背。

這次作戰分秒必爭，我們必須緊緊抓牢。

在準備就緒的同時，雷雷號船塔尖端上的冰球發出高亢的警報聲，宛如冰與冰互相撞擊的聲音。

警報聲引發劇烈搖晃的音波，使空氣產生強烈振動，感覺身體也跟著共鳴。

這就是特殊的融冰警報。

就連周圍的結冰湖面也伴隨著巨響支離破碎，在冒出蒸氣後漸漸融化。

簡直就像被淋上滾水一樣。

銀次先生隱身於陣陣冒出的白色蒸氣中，在融化中的流冰之上逐步跳躍前進，輕而易舉地抵達對岸。

「唔哇！是銀色九尾狐！他們是雷雷號的人！」

「打算混在煙霧中展開奇襲嗎？收拾掉他們！」

「不可能的！冰槍冰劍全都融化成雪水了！」

在岸邊看守的盜賊們因為融冰警報的效果而畏縮，銀次先生便乘隙將他們擊潰後，直接朝北方森林奔馳而過。

我們首先要前往的目的地，是阿涼出生的山間村落。

地圖跟指南針都帶了，再來只須依靠阿涼的記憶抵達當地，順利取得利口菇返回。

遠方傳來怒吼聲，似乎還有追兵跟著我們，而我能感受到身後的猛烈氣勢似乎象徵著一場大戰已經開始。

不知怎麼地，讓我回想起剛踏上此片土地時的光景。

不過沒關係，他們可是身為八葉的大妖怪。

當我們返還之時，他們應該已經將企圖暗殺的卑劣盜賊們收拾乾淨，甚至連古城的主權都奪回來了吧。

最令我擔憂的，果然還是春日。
在我們回去之前，妳要好好撐住——春日。

在那之後，化身為九尾狐的銀次先生在雪地裡奔馳了約莫三小時。
最後我們抵達的是阿涼小時候所生活的村落。
村落確實曾存在於這片山間，但現在已經毫無人煙，形同廢墟。
「嗯，我早就料想到就是了。這種深山老林的鬼地方，就算是冰人族也住不下去。而且治安也越來越差，大家應該早就遷往熱鬧的城鎮了吧。」
阿涼用平淡的口吻訴說感想，路過了以前自己所居住的家門前。
這座小屋有著斜度相當陡的茅草屋頂，整體就像個三角形，看起來很有特色。
這應該就是所謂的合掌式建築（註1）吧。
「你們小心點，雪堆或冰柱有可能順著屋頂滑下來。要是被砸中的話當場就沒命了。」
阿涼打開門往屋內窺探，發現裡面已經徹底呈現荒廢狀態，只剩下一片狼藉的景象。
果然沒有任何人影。阿涼似乎靜靜地嘆了一口氣。
也許她內心某處原本抱持著期待，能夠與家人相聚。
「可能有山賊還是什麼人闖進來過吧。這屋子看起來已經壞得差不多了，不過拿來過夜似乎還行。」

「目前不確定此行需要停留多久，有個能躲雪的據點真是相當感激呢。建築物本身看起來挺堅固的。」

好了，那麼現在手邊有的食材是餅乾。我心想也許能派上用場，所以把做提拉米蘇時剩下的帶來了。

再搭配加熱即食的扇貝湯罐頭，將餅乾浸泡湯汁之後享用。簡單地打發一餐後，我們隨即單手拿著在阿涼家裡找到的鈴鐺拐杖，潛入山間的森林之中。

據說今天的風勢並不強，積雪也很淺，一路暢行無阻。

「幸好今天沒颳暴風雪。」阿涼說道。

不過還不能掉以輕心，據說山上的氣候變化無常。

「欸，阿涼妳以前常常在這一帶玩耍嗎？」

打頭陣的阿涼並未轉過頭來，繼續朝著前方回答。

「也不是玩耍，是出來採集食物，就像那個雪菇之類的。冬天除了儲備糧食以外沒東西可吃，所以很仰賴雪菇呢。」

註1：是日本一種特殊的民宅形式。特色是以茅草覆蓋的屋頂，呈人字形的屋頂形狀就如同雙手合十，因而稱為「合掌」。合掌式的屋頂十分陡峭，是為了使積雪容易滑落不會堆積，以避免冬季大雪壓垮屋頂。

「冬王的棄子……有這個稱號對吧？」

「嗯嗯，說得沒錯，小老闆。雪菇是我們在冬天的營養來源，最珍貴的天賜恩惠。你看看，這棵樹上也長著白色的菇類對吧？」

阿涼用手中的木杖剝掉樹幹下方的積雪，發現底下長了一整群白花花的香菇。

這是雪舞菇嗎？跟我第一次在這裡吃到的那個品種很相似。

阿涼還告訴我們，入冬前的期間若農作收成不佳，當年的冬天就會更難熬了。

「每遇到這種時候，妖都的貴族與富豪還會派使者來這些貧困村落，買小孩子回去當童傭，所以我也被賣給某戶人家的女主人。雖然我都跟人家說我是去人家家裡幫傭，其實是被雙親賣掉了，他們說沒錢養我吃飯。」

「這……怎麼可以這樣。」

「總比被丟棄在冬天的山裡好多了啦。」

「……」

銀次先生不發一語，只是靜靜地聆聽。也許這種現象在隱世並不算稀奇。

「我可不需要同情喔，葵。畢竟當時繼續待在這荒涼的村落裡過著窮苦生活，也不會比較好。雖然在前任女主人家裡飽受苛待，不過至少三餐溫飽，還能穿著漂亮的和服。而且還走運被天神屋大老闆撿回來……雖然在天神屋工作也不輕鬆就是了～噢呵呵！」

「啊，說到這……最後還是沒連絡星華丸，報備阿涼小姐無法回去的事情。」

「啊？」

銀次先生的一句話，讓剛才還笑著的阿涼立刻慌了。

她原本就已經夠白皙的臉，現在又漸漸變得更加鐵青。

「可可可、可是，這不能怪我吧！這次可是春日的性命大事啊！而且也間接跟大老闆的安危有關！」

「您說得沒錯，阿涼小姐。別擔心，事後要是被追究，我會好好解釋的。」

「這方面就麻煩多幫忙美言啦，小老闆！尤其是那個囉囉嗦嗦愛念人的獨眼女掌櫃，還有用滿面笑容對我施加壓力的菊乃小姐！」

阿涼轉過身子朝著銀次先生傾訴，順便不著痕跡地說起上司的壞話。

這股氣勢讓銀次先生稍微嚇得退後幾步，小聲回答：「好的……」

「連雪山險境都不放在眼裡的阿涼，原來也有剋星喔。」

「那當然啦，葵。女人的勾心鬥角可不是玩玩的。」

接下來我們收起玩笑心態，認真展開利口菇的搜索行動。

根據阿涼的記憶，過去曾發現那種雪菇的區域全被白雪覆蓋，乍看之下無法確認。但使用木杖撥開樹幹根部的積雪後，便順利發現到各式各樣的雪菇。

不過還是遍尋不著利口菇。

「利口菇的菇傘比一般菇類還要大，表面是白色，裡面的菌褶部分則是水藍色，至於菇柄則是帶黑褐的藍色，還有一個特徵是菇傘正中央有類似漩渦狀的紋樣。我記得應該都是生長在這種大樹底下的……」

「畢竟是稀有品種，我們一起耐心找找吧。」

「嗯嗯，說得也是。」

在這之後，我們不知道找了幾個小時。

身體已凍僵，天色也開始暗了下來，然而還是未能找到一朵利口菇。

採了一堆但是品種全都不對的我們陷入了苦戰。

「我們先暫時回聚落一趟吧。氣溫開始下降了，天色變暗後也不方便行動。」

「可、可是沒多少時間了。一想到春日的生命每分每秒都被毒藥侵蝕……我就……」

「葵小姐，目前只能耐心等待，把希望放在明天吧。您的體力應該也到極限了。」

我受寒的身子與疲憊的手腳全都瞞不過銀次先生的雙眼。

阿涼見狀也回應了一句：「的確是。」

「葵跟小老闆先回去村落比較好。我家應該至少抵禦風雪。」

「阿涼妳呢？」

「還有幾個地方可能有，我這就去找找再回去。」

她仰頭看向天空。

從布滿冰雪的枝葉縫隙之中，望著隱隱浮現的白月。

「這怎麼行，阿涼小姐！晚上很危險的！」

銀次先生急忙試圖阻止阿涼。然而她用陰鬱的眼神瞥了一眼對方，輕輕發出一陣嘆息。

「小老闆，我可是雪女耶，而且還是純正的雪山雪女。這種程度的低溫根本算不上什麼，而且我們雪女入夜之後行動力更強。別拿我跟身為人類的葵相提並論呀。」

「這……也許是這麼說沒錯，可是……」

「不用擔心，我一定會順利把利口菇帶回去的。就拜託你負責保護葵的安全了。再怎麼說她也是大老闆的未婚妻，你有義務把她平安帶回天神屋。即使最壞的情況發生——我回不去，春日的命也救不回來，你也要守護好她。」

「欸！等、等一下，阿涼！妳這話是什麼意思！」

「我就說了只是最壞的情況嘛，意思是至少要避免全軍覆沒的結局。別擔心，再怎麼說，在雪山存活機率最高的可是我。」

「……阿涼。」

她微微張開雙臂，進行了一次深呼吸。

周遭的雪花開始隨之飛舞，接著阿涼揮動和服衣袖，整個人輕飄飄地騰空而起。

我這才想起來，阿涼其實會飛啊。

「我要往更北邊前進了。聽好了，晚上絕對不要踏出屋外，入夜之後外頭會有熊或狼出沒的。」

她只留下這個叮囑，便繼續升空往遠處飛去。

四周已經徹底暗了下來，於是銀次先生也點起狐火。

朦朧的火光照亮了周遭環境，反而更加突顯夜晚的黑暗。

「好了，葵小姐，我們趕緊回到那座廢棄村落吧。現在我們三人之中最可靠的就是阿涼小姐了。我想她心裡應該也有自己的打算，目前就先交給她吧。」

銀次先生化身為九尾狐，要我騎上背部。

雖然很擔心阿涼，不過目前我的確沒有插嘴的餘地。

我老實地坐上了銀次先生的後背，他一路奔往山下，朝著阿涼住過的村落前進。總覺得雪勢跟風勢漸漸增強了。

結果——

「咦？村落裡有燈火……」

抵達山間村落的我們為之一驚。

村裡的合掌式小屋竟然四處亮著燈火。

煙囪裡也冒出黑煙，還聽得見裡頭傳出大笑與粗魯的吆喝聲。

也就是說，有其他人在這個村落裡。

「恐怕是這一帶的山賊吧，所幸剛才沒在後山遇見他們。不過這下子就不能進村去了……」

「怎麼會這樣……」

那我們現在該何去何從?

正當我們思考著該往哪裡前進，陷入苦惱時——

「喂!你們是什麼人?」

眼尖的山賊發現我們，露出充滿警戒的銳利眼神緩緩逼近。這些山賊是妖獸，有著狼的面孔。

「是人類啊。」

「有人類姑娘耶，看起來真美味。」

他們鼻子似乎特別靈，馬上也發現到我的存在。

「冰狼……他們是很危險的妖怪!別說人類了，只要鎖定目標，就連妖怪也會被他們啃食殆盡。葵小姐，我們快逃!」

銀次先生掉頭逃往後山。我緊緊抓住他的背以防被甩落，然而那些冰狼族的妖怪也跟著化身為野狼追了上來。

當我們來到一片廣闊的雪原後，發現冰狼從四面八方湧出。

暴風雪越颳越強，無處可躲的我們漸漸被包圍。

「哇!」

冰狼咬住我的外套下襬，把我拖了下去。

「葵小姐！」

銀次先生揮動著九尾，把拉住我的冰狼連同雪原上的雪一起揮開，但又有好幾匹分別從前後朝我們撲上來。

九尾巨狐外型的銀次先生用他偌大的身軀蓋住我，試圖捨身保護我的安全。

為了不讓齜牙咧嘴襲來的冰狼們傷害我，儘管渾身被咬傷了也絲毫沒有退開的打算。他發出了痛苦的悲鳴聲。

「銀次先生！銀次先生！」

一股血腥味傳來。滴落在我雙頰上的，是銀次先生的血。

然而我只能在他的掩護之下呼喊著他，除此之外什麼都辦不到。

「別這樣，銀次先生！快把我丟下然後逃走！你一個人的話肯定逃得掉的！」

「萬萬不行！我必須讓葵小姐平安回去……從您來到天神屋的那一天起，大老闆就把您託付給我了。不對，早在那之前！」

「銀次先生……」

這番話讓我突然回想起那個戴著能面的妖怪。

銀次先生是在暗示我，當時的他是受大老闆之命……

「可、可是……可是……」

現在可不是愣愣回想這些往事的時候！

再這樣下去，銀次先生就要被冰狼們咬死了——

這一次，我又只能單方面受到他的保護。明明自己要求跟過來，卻一點忙都幫不上。

我從銀次先生的身軀底下爬出，一路直直往前奔跑。

「人類丫頭逃走囉！」

冰狼們離開銀次先生身旁，改朝著我追來。

沒錯，這樣就對了。至少要把他們從銀次先生身邊引開。

「葵小姐！您太胡來了！不要這樣！」

被冰狼包圍的我，從懷裡掏出原本為了下廚而帶來的小刀，擺出防禦姿態。

我的手不停打顫。我從未拿這東西攻擊過誰，除了料理做菜用的肉類以外。

還沒動手，我已被冰狼們散發出的殺氣所懾服。

那一對對凶惡的眼神，彷彿迫不及待把我吞下肚。

「有膽就過來啊！看我把你們一隻隻大卸八塊，煮成狼肉火鍋！」

就連虛張聲勢的聲音也在發抖。

冰狼們一步步往我逼近，在某個瞬間一鼓作氣飛撲上來。

我緊緊閉上雙眼，只能握緊手中的小刀……

然而，就在此時——

轟隆……轟隆……轟隆……

一陣地鳴撼動地表，一路傳向腳邊，我嚇了一跳。

「嗡……啊……」

遠方傳來類似低吼的聲音。

冰狼們一聽見便瞬間停止動作，隨即爭先恐後地往森林裡逃竄。

到底是怎麼回事？

這股聲音聽起來是從背後傳來的，於是我緩緩轉過身。

「那是……什麼……」

那看起來就像巨大的人影。

由於暴風雪的關係我無法清楚辨識，不過雪原遠方浮現出龐大無比的身影，就像是個聳立的巨人。

那東西發出地鳴般的轟轟腳步聲，似乎正往山下走。

「啊！銀次先生！」

我趕緊奔往銀次先生身旁確認他的傷勢。

他無力地倒在地上，身上滿是鮮血。

沒多久之後他的身軀變回嬌小的狐狸，失去了意識。

「怎麼會這樣……銀次先生，振作點！」

現在竟然連銀次先生都受了如此重的傷。
我該如何是好？現在該怎麼辦？
不知所措的我在低溫之中失去思考能力，只能抱起小狐狸模樣的銀次先生，緊緊擁在懷裡。
若能弄點東西給他吃，也許能夠幫助他恢復靈力與體力也說不定。我急忙尋找行囊，但似乎已深埋在暴風雪裡而遍尋不著。
在這場風雪之中，我連該何去何從都不知道。
「對了，剛才那個……巨大的妖怪。」
也許他是有能力讓冰狼落荒而逃的高等大妖怪。
無論對方是什麼身分，只要別讓銀次先生就這樣送命，都有試著向他求助的價值。
「……等等，留步！」
我抱著銀次先生追往那個隱約浮現於遠方的巨大身影。
「等一下……」
就連我努力扯開嗓子的呼喊聲，都消失在轟轟狂吹的風雪之中。
我的意識也漸漸陷入模糊，雙腳深陷於厚雪之中當場倒地。
「……」
好冷，好想睡。
已經沒有力氣站起來了。

但我如果在這裡倒下，為了保護我而受傷的銀次先生……

還有中毒垂危的春日，她會怎樣？

大老闆又會怎麼樣？

我也許見不到大老闆最後一面，就要在北方大地這片荒蕪的純白雪原上迎接生命燭火熄滅的那一刻了。

不要，我不接受。

我還沒見他一面，還有事情沒向他問清楚。

而且……大概還有一些話想告訴他。

撲通……撲通……

我聽見心臟跳動的聲音。

感覺自己好像看見一團火焰，在身體深處火熱地燃燒。

簡直就像大老闆的鬼火一樣……令人沒來由地感到安心。

但是獲得安心感的下一秒，原本如同游絲般勉強維繫住的微弱意識，也輕輕地斷了線，飄往遙遠的彼端。

我就這樣抱著銀次先生闔上了雙眼。

隨後在白雪的包圍之中入眠。

一直以來對於飢寒交迫感到恐懼的我，卻覺得此時此刻的感受並不糟。

是因為有銀次先生陪伴嗎？

又或者是……

令我聯想到大老闆的那團火光，在身體深處靜靜搖曳的關係？

第七話　雪之子的招待

「～～欽咿～～～～嗚嚕！」

「嘻、嘻、嘻～～～～呔嗯～～咪咿！」

好奇怪的聲響……不對，是語言？我聽見有聲音傳來，卻無法理解內容。

同時還飄著一股食物的香味。重點是這裡好暖和。

直到剛才，我還冷到骨子裡，無法克制睡意。

而現在則因為空腹的痛苦復甦，讓意識從模糊之中清醒過來。

「嗯……」

緩緩打開雙眼，我看著上方具有弧度的圓頂狀白色天花板。

不知從何處傳來柴火燃燒的啪滋啪滋聲。

「我還活著？」

還是說，這裡就是黃泉之國……？

如果真是這樣，那代表我又解除一個探訪新異界的成就呢……

正當我在內心說著根本笑不出來的玩笑話時，有個「東西」探出圓滾滾的白色頭頂，往我的臉上湊近一看，我們四目相交。

「～～～咪咿～～～嘁咿。」

那個圓圓的神祕物體有兩顆黑色眼珠，還有一張圓圓的嘴。

他身上穿著用枯草製成的蓑衣。

長得既像雪人，又有點像晴天娃娃……不知道這個奇怪的妖怪到底是什麼？

「你、你！你幹嘛！」

我慌慌張張起身往後退。

然而下一刻馬上發現自己一絲不掛，又慌慌張張把剛才蓋在身上的毯子拉過來。

我的衣服……被掛在懸吊於半空中的繩索上，似乎已經被晾乾了。

是因為先前被雪沾濕的關係嗎？

「～～～咪咿？」

白色的物體歪頭表示疑惑。

然而他又隨即單手握拳敲了一下手心，似乎恍然大悟了什麼，幫我把晾在空中飄動的衣服拿過來。

「呔咿！」

接著一副得意洋洋的樣子把衣服遞給我……真可愛。

「呃，謝謝你。」

一邊穿上和服，我一邊回憶先前的狀況。
我們遭到冰狼襲擊……然後聽見地鳴般的腳步聲，看見巨大的身影……然後……
「對了，銀次先生呢……」
我開始尋找受傷的銀次先生。
變成嬌小九尾狐外型的他就在旁邊的柔軟稻草堆上，將身體捲成一團熟睡著。
先前的傷勢頗為嚴重，不過現在看起來已經接受過治療……
「太好了。」
緊張的情緒平復後，終於有空確認周遭現狀。
這裡是用雪蓋成的雪屋？仔細一看才發現，原先以為弄丟的行囊也在屋內。
「是你救了我們嗎？」
「……嚕～～嚕～～」
「你是誰呢？」
無論我怎麼問，這個白色物體所回應的語言都令我一頭霧水。
我想他應該是屬於冰人族系的某種小妖怪吧……
就在此時，肚子發出一陣咕嚕叫，彷彿再次提醒我已經餓了。
這也難怪，畢竟從中午吃了餅乾配扇貝湯罐頭以後，就再也沒進食了。
「嘁！嘁嘁！」

「哇！」

從剛才就一直關心我的這個白色小不點拉起我的手，要我跟著他過去。

伸手撥開籠罩這個空間的細緻刺繡垂簾，發現外頭是鋪著木地板的舒適房間，正中央還有冒著熊熊炭火的地爐，看起來相當溫暖。

然後這裡還有更多更多的白色小不點。

他們似乎群居在這座巨大雪屋中。

每一隻都長得差不多，幾乎無法從外表分辨。不知道有沒有性別之分？

他們圓滾滾的雙眼一致朝向我，直直盯著我觀察。

「呃……那個，很謝謝大家救了我們。我叫津場木葵。」

我向他們表達謝意，在自我介紹後點頭致意。

結果這群白色小不點開始朝我聚集過來，又推著背又拉著手地要我往前進。

就在他們類似招呼客人的動作之下，我被帶往地爐旁，坐在鋪好的坐墊上。

「……哇～」

眼前的誘人食物彷彿再度直接地提醒了我的飢餓。

地爐上垂掛著一只大鐵鍋。

鍋裡放了切成細絲的牛蒡、白蘿蔔、芹菜根、各式各樣的雪菇、烤麩以及雞肉等食材，已經煮得入味。湯頭是雞骨醬油口味嗎？聞起來真香……

另外，鐵鍋周圍還擺著插在杉木棒上的細長狀飯糰，正用地爐的火炙烤。

「這是……烤米棒？」

烤米棒——將米飯裹在木棒上用炭火烘烤而成。

現世的日本也有這種東西，是秋田縣有名的地方菜。不過一般人比較熟知的應該還是取下中間木棒後的中空狀成品吧。

坐在我身旁的白色妖怪拿起烤成焦黃色的米棒，抽掉木棒後切段放入鍋內。原來如此，是要煮米棒鍋啊。

不過話說回來，這看起來實在令人食指大動……

口味單純的雞骨醬油湯頭搭配各式食材與烤米棒煮得冒泡，這畫面對於現在的我來說刺激性太強，吞了好幾下口水。

火鍋馬上就煮至入味，於是坐在對面的白色妖怪盛了一碗遞給我。

「喲！喲！」

意思應該是我可以吃了吧？

「那……我就開動了。」

我接過碗之後首先啜飲了湯頭。

啊啊……實在太暖和了，而且味道簡樸又淡雅。

這股從身體深層散發出的暖意讓我覺得太過珍貴，差點要落淚。

也許我已經好久好久，未曾對於料理的溫度產生如此深切的感激之情了。

「嗚～嗚～呔呔。」

「嗯？是叫我也嘗嘗烤米棒嗎？」

隔壁的白色妖怪用手指著碗中的烤米棒，推薦我試試。

火烤過的米棒原本還帶有一定的硬度，現在卻已吸飽湯汁呈現柔軟口感。甚至用筷子一戳就會散開。

「……嗯嗯！燙燙燙！」

一咬下米棒，豐沛的湯汁便釋放出來。雖然有點燙口，但就是這樣才好。

鍋巴的香氣與軟綿米飯的風味在口中輕柔地蔓延開來。

過去人生中品嘗烤米棒的經驗屈指可數，不過卻感到一股懷念。我想原因應該在於這道料理運用日本人最愛的白米，造就出最簡單又美味的火鍋配料吧。

啊啊，真令人無法招架。而且同時還能吃到許多鮮蔬。

芹菜根、牛蒡還有白蘿蔔……全都是冬季盛產的食材。

他們是從哪裡弄來的呢？難道是自己栽種的？

蒟蒻絲和雪菇也吸飽了湯汁，煮得相當入味……

「呔咿！」

「……嗯？」

奇怪，隔壁妖怪在我碗裡放了一整朵入味的大雪菇。

這雪菇表面有著漩渦狀的花紋……

「啊……啊啊啊啊啊啊啊！」

我接著驚訝地大叫出聲，害這群白色妖怪們嚇得身體一抖。

「這、這難不成就是『利口菇』？」

白色妖怪們還處於驚恐狀態，眨了眨雙眼。他們面面相覷之後又仰頭望向我。

「欸欸，這種菇類究竟生長在哪裡？我就是為了找這個才跑來山上的，求求你們告訴我。我一定要採到這種菇才能回去！」

在我苦苦哀求之下，原本圍在地爐前的白色妖怪們停下進食動作，往房裡一隅聚集，開始交頭接耳進行討論。

咦？難不成我剛才的發言讓他們起疑了？

過了一會兒後，他們將我包圍。

「～～咪咿～～喊咿。」

「～～嘻嘻嘻～～呔咿。」

他們對我念念有詞，但由於語言的隔閡所以我聽不懂。簡直處於雞同鴨講的狀態。

「啊～我知道惹～他們應該是說利口菇是神明滴恩賜之物，所以位於神聖之地，不能白白告訴妳這樣～」

小不點此時從我身上的外褂口袋探出頭，一路跑到我的肩上。

「小不點，原來你也在？」

「我一直都在～從頭到尾都在葵小姐滴口袋裡。當差點被狼先生連外套一起吃掉時，還有被吊起來晾乾時，我真滴嚇死惹，以為自己會沒命呢～」

現在看起來卻生龍活虎的。

「謝謝你的翻譯，原來你懂這群小傢伙的語言喔。」

「大概能猜滴出來，這是妖怪之間滴一種默契～」

「什麼啦，莫名其妙。」

小不點睡眼惺忪地揉著雙眼。

看來雪原的低溫似乎讓他差點進入冬眠。

自從來到北方大地後，小不點總是顯得很愛睏，雖然我的耳根子也因此清靜不少。

「不過，我總算明白狀況啦。嗯～這個嘛……我能貢獻的也只有廚藝而已就是了。」

結果那群白色妖怪看著彼此，隨後又對我說了一些不知所云的話。

他們你一句我一句地講個不停，但我仍然有聽沒有懂。

「意思就是說，他們想要一些冰涼滴甜點。用這個做為交換條件，就願意告訴您利口菇在那裡～」

「甜點？」

「說是要拿來祭祀冬王什麼滴，還有他們自己好像也想在飯後吃點冰冰涼涼又甜甜滴東西～」

「原來如此……」

簡單來說，就是準備甜的供品囉？

需要是冰的，然後還要方便他們享用……

像甜饅頭那樣小小顆的造型也許比較好？可是又限定要冰品對吧？嗯……

「我知道了，就用這做為交換條件吧。但我手邊沒什麼材料能用來做甜點，方便的話可以分一點給我嗎？」

「啊～他們說廚房裡滴東西都可以任意使用～」

我就像這樣透過小不點跟這些白色妖怪交涉著關於取用食材的事，就在此時——

「請問，這裡究竟是……」

步伐蹣跚的銀次先生從垂簾的另一側走了出來。

雖然外表還是小狐狸的樣子，不過已經恢復意識。

「銀次先生！你醒過來了呀！」

我趕緊奔上前去，緊緊擁抱嬌小的狐狸。

然而事後才想起他身上還有傷，於是放輕了雙臂的力道。

「葵小姐……太好了，看您平安無事我就放心了。」

他是真的打從心底慶幸我沒事吧。銀次先生也跟著垂下了耳朵，輕輕擺動著九尾，自然而然地將身子倚靠在我懷裡。

不過他的身體還是相當冰冷。

而且沒能變回人形這一點也代表著他還很虛弱。

「銀次先生，基於某些原因，我現在正準備要在這裡做點心，到時候順便也替你準備一點飯菜。你吃了之後一定能打起精神的。」

「這當然是感激不盡，不過……話說您為何要在這裡下廚？」

「其實呢，這群白色妖怪好像知道利口菇的生長地。所以決定以物易物的交易，我製作點心給他們，他們就會把地點告訴我。」

「咦？真的嗎？那真是太好了！啊，還有，這些白色妖怪名叫『雪之子』，是極為罕見的稀有民族，僅棲息於北方大地。」

「雪之子？噢，這妖怪的名字聽起來還真討喜耶。」

「他們也被稱為冬王的使者。雖然身形嬌小，但是據說在冰人族之中擁有格外強大的靈力，而且很適應冰天雪地的環境，難怪在這樣的深山之中也能存活呢。而且我還曾聽說他們的個性相當溫厚又好客唷。有個傳說是這樣的：如果在雪山遇難，最好的結局就是遇見雪之子而獲救；最糟的結局則是被冰狼發現而喪命。還有，如果遇見了冬王，將會有幸運降臨。」

「……冬王？」

剛才就頻頻聽見這名字，不知道到底是誰？真的存在嗎？

「這是遠古的傳說了，我也只聽過清大人介紹而已。他說冬王是象徵自然的一股強大力量，對其形象的解讀則眾說紛紜。不過據說最普遍的說法是類似巨人的化身。」

……類似巨人的化身？

我突然想起在雪原上看見的那個巨大身影。

只不過現身於遠方，就足以讓冰狼們逃之夭夭。那究竟是什麼樣的存在呢？

「欸，銀次先生。你還記得我們遭冰狼襲擊後的事情嗎？有一陣很大的腳步聲……」

「很大的腳步聲？不好意思，當時我死命撐著，記憶也很模糊了。」

「……這樣啊，說得也是。」

那道巨大的身影……看來只有我一個人記得。

「嗯？」

這群雪之子把嘴巴打得開開的，依舊愣愣地直盯著我們瞧。

不小心把他們完全晾在一旁了。

我們能得救可是再幸運不過的結局，竟然如此忘恩負義。

「欸，你們吃過『冰淇淋大福』這種點心嗎？」

「嗯～～嗯～～？」

雪之子們搖了搖頭。好，那就決定做這個吧。

「那是一種冰冰甜甜的點心，吃起來口感很Q唷。你們先等我一下。」

我直接請他們帶我到廚房尋找所需的材料。

他們的廚房……該怎麼說好呢，就像扮家家酒用的玩具一樣可愛。

該有的調理設備都有，不過尺寸全都小了一號，而且有點年代了。

但是全都經過長時間的使用，而且被妥善地保養。

我看了看把雪壁挖空所製成的櫥櫃，發現裡面有各種調味料、蜂蜜、雞蛋與乳製品，於是全拿出來借用。

透過小不點的翻譯，他們說雪屋後方還有飼養家畜用的農舍。

所以才會有雞蛋，而且奶油、起司與鮮奶油也都是自家生產的。

而且我還發現使用牛奶製成的發酵食品。

「這是優格耶！真厲害！」

好！就讓我拿來運用在冰淇淋上吧。

「哇～～哇～～」

雪之子還幫忙拿了手工油豆皮、豆腐、馬鈴薯、洋蔥跟燻肉等各式各樣的材料過來給我。

「他們說這個要請狐狸先生享用～」

「竟然拿了油豆皮過來，這群孩子真懂耶……」

此外，他們還說做米棒所剩下的蒸飯若能派上用場，也能供我使用。這似乎是使用普通白米混糯米所蒸熟的。

要替銀次先生做的料理……我想想喔。

既然有現成的飯，做一道放滿油豆皮的「起司焗飯」感覺不錯！

「請問……我也能幫點什麼忙嗎？葵小姐。」

頂著小狐狸外型的銀次先生正站在廚房出入口探頭進來。

他低垂著雙耳，露出有點沮喪的表情。

「銀次先生你靈力還沒恢復，無法變回人形呀。你身體尚未完全康復吧？去地爐旁邊好好休息一下。」

「說得……也是呢，我這副模樣一點忙也幫不上。只不過，因為閒著沒事作所以不禁開始胡思亂想……」

「銀次先生。」

我在他身旁蹲低，湊近看著他那可愛的小狐狸臉蛋。

「你在說什麼呢，銀次先生，是你挺身保護了我。我現在能這樣繼續活著，都是多虧有你。所以這一次換我幫忙了。」

「……葵小姐。」

我明白銀次先生的憂心。

阿涼現在不知身在何處，春日的病情也不明朗，更不確定留在喀雅雅湖的大家是否平安……

「等得知利口菇的生長地，我們去把阿涼也找回來吧。到時我也會帶著自製的料理，以確保她要是體力虛弱也能馬上復原。」

「……嗯嗯，您說得對呢，這才是目前最好的辦法吧。」

「而且現在的重點是利口菇！要弄到利口菇，就得先在這裡做出滿足雪之子們的冰品才行呢。」

小不點輕巧地跳往銀次先生背上，說了句：「快點去地爐那邊吧，這裡好冷～」某方面來說真是優秀的助攻。

那麼該開始了。

首先是要做給銀次先生的「油豆皮起司焗飯」。

先將油豆皮過熱水去油之後切好備用。

接著把燻肉、洋蔥與雪菇也切丁，用奶油慢慢炒過。

這些都是越炒越能釋出醍醐味的食材，尤其燻肉滲出的肉類油脂特別鮮甜。這是用岩豬的五花肉所製成的呢。

在同一平底鍋內直接灑上麵粉，轉小火一邊拌勻一邊加入牛奶，持續拌煮到呈現濃稠狀。最後加入鹽與胡椒調味後便完成白醬了。

將準備好的陶瓷容器塗上奶油，用剩下的蒸飯鋪滿底部之後淋上白醬……表面再灑上一開始切好的油豆皮。

將起司切丁後擺上，最後的步驟就只剩下送進烤窯烘烤了。

趁烤窯預熱的同時，我打算先來製作甜點。

「好了，這邊已經告一段落。接下來換冰淇淋大福了。」

這在現世也是一種很常見的甜點，用白玉粉製成的麻糬皮裡包了冰淇淋餡。

其實也是我的最愛。

爺爺以前常買市售的現成品給我吃。難得有機會自己做，想嘗試看看各種搭配呢。

首先將白玉粉、豆腐與蜂蜜加入大盆中攪拌均勻。

用這些製成又軟又Q的麻糬皮，拿來包冰淇淋餡。

「……嗯？」

正當我在擀大福皮的同時，一位雪之子正窺探著廚房這裡。

他是從一開始就特別照顧我的那個孩子。雖然外表無從分辨，但是他我就能認得出來，說不上為什麼。

「你再等我一會兒喔，馬上就好了。」

「……咪咿。」

「欸，如果可以的話，你願意幫我嗎？我想借助你的力量來製作冰淇淋。」

他似乎對我的的料理很感興趣，於是我招手要他過來。

他咚咚地小跑步來到我身旁，果然好可愛。

不知怎麼地，讓我覺得……跟以前在南方大地儀式上所見到的海坊主有點神似。

「欸，這是手工優格對吧？你們在這種地方竟然連優格都做得出來，真厲害耶。」

「吓吓吓！」

雪之子似乎明白自己被稱讚了，看起來樂得很。

這廚房裡堆滿為了過冬而儲藏的大量食材。為避免消耗太多，我只取用了最低限度的分量。

「我現在要做的是加了鮮奶油的優格冰淇淋唷。做法相當簡單，把鮮奶油與蜂蜜加進這些優格裡攪拌均勻。欸，你能幫我稍微冰鎮一下這容器裡的材料嗎？不需要完全結凍，只要像雪一樣綿綿的就行了。」

「姆姆姆。」

一般正常的做法，是將容器冰過之後拿出來攪拌，反覆進行這樣的步驟而成。

但是既然這裡有充滿活力的雪之子了，在我拜託之下，他便幫我用小小的手手覆在容器上方進行冰鎮。實在太感激了。

我拿著木鏟攪拌半結凍的冰晶狀優格，同時確認甜度。

接著依照甜度需求添加適量的蜂蜜。

反覆進行冰鎮與攪拌這兩個步驟，材料漸漸開始呈現滑順的冰淇淋狀質地。

像這樣有雪之子幫忙之下，馬上就能搞定了。

鮮奶油優格冰淇淋大功告成。

「啊，起司焗飯也差不多該進爐了！」

我算好適當的時機，把焗飯送進去開始烘烤。

在這段期間將製作好的大福皮用大碗蓋上切割出圓形，拿來包冰淇淋餡。

這步驟我也請雪之子來幫忙。結果他包出來的成品又圓又漂亮，手比我更巧……

總覺得圓滾滾又雪白的冰淇淋大福跟雪之子長得一模一樣，要是手邊有巧克力醬的話，我就可以在大福上畫上他們的臉了。

經過以上時間，烤窯也開始飄出了起司焗飯烤好的香氣。

這正是起司烤得焦香的味道……

嗯……感覺才剛吃完米棒鍋沒多久，肚子卻又開始餓了呢。

其他雪之子也被這股香氣所吸引，偷偷摸摸地觀察廚房。

不過這可是替銀次先生準備的喔。

「雪之子們，你們的份在這裡唷，願意嘗嘗我做的飯後甜品嗎？」

「～～～欸咿！」

「喲喲！喲喲喲！」

他們一邊念念有詞一邊點頭。

我將剛完成的冰淇淋大福一一分裝到給雪之子們使用的冰製小碟上，從廚房端去鋪有木地板的房間裡。

唯獨其中一顆被我保留下來，裝在冰製的碗裡。

好讓我見到阿涼時，能馬上讓她享用。身為雪女的她嘗到這種冰品，也會立刻精神百倍。

將起司焗飯從烤窯中取出，在正中央打上一顆新鮮的生雞蛋後攪拌均勻享用，風味將更添溫醇。

我端著熱騰騰的焗飯再次回到房間裡。

「妞～」

「妞妞～」

呵呵，那道冰淇淋大福似乎也很受雪之子們的喜愛。

他們拿著筷子把麻糬皮拉得長長的放入口中享用，就像在吃剛烤好的白麻糬。

優格口味的冰淇淋雖然偏清爽，但加上鮮奶油就不會覺得稍顯不足。

包覆在外的蜂蜜豆腐口味麻糬皮，在軟嫩中也帶著Q彈的延展性。

由於銀次先生在地爐旁睡著了，我便把剛出爐又料多味美的油豆皮起司焗飯端往他的身旁。

「銀次先生你吃點這個，一定能幫助恢復靈力的。」

「……葵小姐，不好意思勞煩您了。」

銀次先生無力地緩緩起身，與熱騰騰的焗飯陷入苦戰。

於是我拿起湯匙打算餵他吃。

將正中央的生雞蛋攪散之後，與起司、油豆皮還有下層的白飯攪拌均勻，同時挖起一匙的分量起來。

加了起司的焗飯牽著長長的絲，也形成了有趣的畫面。因為焗飯的熱度而呈現半熟的蛋液也彷彿入口即化，搭配白醬的誘人香氣，讓我也忍不住吞了口水……

接著我先把湯匙上的焗飯吹涼後，再送往銀次先生的嘴邊。

他緩緩地經過一番咀嚼之後，才終於嚥下第一口。

接下來他越吃越快，隨著攝取食物的動作，靈力似乎也高漲了起來。

「啊，變回來了。」

然後他「砰」地一聲回了平常的模樣。

我與銀次先生望向彼此，露出了苦笑。

「不好意思，葵小姐。還得請您幫忙餵食，實在難為情。」

「別這麼說，有困難時就要互相幫助呀。」

銀次先生現在已經能自己進食，於是我將湯匙交給他。

太好了，這樣一來銀次先生這邊的狀況就暫時不用擔心了。

「呼……真暖和。平常吃了那麼多的油豆皮，卻從未想像過能拿來當焗飯的配料。」

「油豆皮口感雖然軟趴趴的卻很有存在感，跟起司也意外地搭。怎麼樣？銀次先生還滿意嗎？」

「嗯嗯，當然了！而且搭配米飯與白醬之後更顯溫醇呢。明明是幾乎從未嘗過的滋味，卻總覺得有股懷念的感覺……」

我們像平常一樣分享著試吃感想，同時我也嘗了一顆冰淇淋大福。

優格冰淇淋的原味清爽偏淡，不過加上濃厚的鮮奶油之後中和了酸味，吃起來更加順口。

重點是包覆在外的麻糬皮擁有的新奇口感與飽足感，讓整體滿意度更加上升。

「對了……這加上草莓或許也不賴。不是一般的草莓大福，而是草莓冰淇淋口味的大福。而且冰里城本來就有栽培雪屋草莓，造型一定也很討喜！」

「葵小姐，您似乎又想到好主意了呢。」

「嗯嗯！這樣一來春日跟清大人應該也會很高興的！」

能不能帶起流行風潮，能否成為北方大地的特產，又或是在商業上獲得成功。

這些考量現在都已經無所謂了，我首先回想的是清大人對我的請求——「請用這些草莓幫她做點甜的吧。」

我還沒履行當時答應他的約定。

等春日平安脫險之後，一定要做給她嘗嘗。

我想這也許會是我在這片土地上留下的最後一個企畫。

在享用完飯後甜點後，我開始收拾整理，並且不時確認剛才預留下來的那顆大福。

明知裝在冰碗裡不會有問題，但還是很怕它融化。

「……不知道阿涼會不會正在某處餓著肚子。」

一想到搞不好她正待在哪個寒冷的地方等待我們的救援，心裡就一陣忐忑不安。

怎麼辦？還是現在就出發去找她比較好吧？

「葵小姐，雪之子們正在找您唷！」

「咦！」

在銀次先生的呼喚下，我急忙走出廚房。

剛才幫我製作冰淇淋大福的那位雪之子大聲說著我依然聽不懂的語言，同時拉了拉我的外套，伸手指向外面。

住在這裡的雪之子突然一起奔出屋外。

我和銀次先生也跟著急忙追到了外頭。

剛才明明還颳著強風暴雪，現在似乎已完全平息了。

回頭一看，我才終於親眼見到剛才所待的雪屋究竟長什麼樣。好幾座大小不一的半圓形大型雪屋並連成一整排，形成奇特的造型。

雪之子們不知從何處弄來三匹麋鹿牽著的雪橇。

「他們說現在要帶著供品去獻給冬王～」

「咦！真的嗎？」

坐在肩頭上的小不點替我翻譯雪之子們所說的話。

「我們也一起上去吧，葵小姐！」

銀次先生與我回屋內拿了各自的行囊，就這樣抱著行李坐上雪橇。

其中最重要的東西——也就是為阿涼準備的冰淇淋大福，也確實蓋上了冰蓋用方巾包起來帶走。

雪之子們紛紛騎上麋鹿的後背，有些則在我們的座位裡找空隙坐下。

他們似乎是要全體出動。

「响响响～响响响～」

接著他們一邊唱著奇妙的歌曲，一邊駕著麋鹿滑過了雪原。

這片雪原彷彿沒有盡頭，在廣闊的寧靜之中總覺得散發著一股光明。

沒錯，好亮。我抬頭望向天空，心想是不是月光映照的關係。

「……哇～～」

一望無際的夜空沒有任何遮蔽物。

周遭也沒有任何亮著燈火的人家。

正因為隆冬夜晚是如此寂靜得黑，才更能突顯滿天的星光熠熠。

然而夜空中的景色並非如此而已。

滿天的星斗各自帶著肉眼可辨識的色彩。

有紅色的星、藍色的星、黃色的星……甚至還有綠色、紫色。

這是為什麼？那些星星怎麼會擁有如此繽紛的光芒？

這片光景實在美不勝收，令我沉醉地欣賞了好一陣子。

在每一次呼吸都覺得難受的冷冽空氣中，這幅畫面強烈撼動了我，深深烙印在內心。我產生一股深切的感動。

「清大人會想帶葵小姐來這裡一趟的理由就在這裡。在極光出現後的隔日，這一帶的星空會像是鑲滿千萬顆色彩繽紛的寶石一樣光彩奪目。」

「好夢幻……這也彷彿像童話一樣耶。」

「畢竟這裡是童話故事的起源地呀。」

銀次先生的這句話……我也曾從春日口中聽過呢。

口中吐出的白霧不時遮住眼前的這片星空。

但是我深怕未來再也沒有第二次機會目睹這絕景，所以只顧著仰頭凝望，不願錯過任何一個珍貴的瞬間。

其中一顆特別大的紅色星星，發出了格外強烈的閃爍。

一明一滅的星光，就像心臟的脈搏。

那顏色簡直就像……大老闆瞳孔的顏色。

「……」

看著那顆星莫名讓我的心一陣絞痛，不由自主揑緊了胸口。

我緊緊握著垂掛在衣服底下的那把黑曜石鑰匙。

就連自己也不太明白這是怎麼了。一股無可救藥的想念湧上心頭，淚水……不自覺奪眶而出。

「……葵……小姐？」

「抱、抱歉，銀次先生。奇怪了……我怎麼會……」

我匆忙用衣袖擦去淚水，說起來已經快結成冰了。

「您是不是覺得……那顆星的顏色很像大老闆的眼睛？」

「咦？」

我停下用袖口擦拭臉頰的動作，轉頭望向銀次先生。

他怎麼會知道我在想什麼……

銀次先生微微壓低眼神，隨後又仰起頭，與我望向同一顆紅色的星。

「我都明白唷。因為我也這麼想。」

「……銀次先生。」

「葵小姐很想念大老闆對吧。」

心中不能被察覺的情感已被徹底看透。

我突然有了這種感覺，於是不由自主伸手掩住了口。

即使我自己尚未理解這股情感象徵什麼。

「您不需要強忍。您在妖都已下定決心成為周遭人的後援，接下來大老闆一事也交由大家決策，不曾表露出私人情緒。您一直壓抑著心中的情感……但是，在我面前不需要隱藏。」

我只是凝望著銀次先生如此訴說的側臉，一語不發。

皎潔月光與彩色星芒的映照之下，他的姿態是那麼凜然。

銀次先生都明白。

明白我其實無法克制地擔心，無可救藥地想念那個人。

「葵小姐的心已經屬於大老闆了呢。」

「這……這……我不知道，我還搞不懂。但是……」

這是我第一次有這種心情吧？

不，這應該形同早已藏在心底的初戀。

「我想見大老闆。」

看著那顆紅色的星所回想起的，是把我抓來隱世的大老闆。

把我從囚禁的倉庫中救出來的大老闆、為了來見我而不惜打扮成魚販造型的大老闆、在夕顏吃著不敢吃的南瓜料理，然後碰觸了我，隨即轉身離去的大老闆……

那道背影，連同當時所感受的不安，都令我無法忘懷。

如果我們就這樣永遠無法再相見了呢？

我很害怕，害怕失去他。

「別擔心，一定很快就能見面的。我必定會『再一次繫起』兩位的緣分。」

「銀次……先生？」

我的身軀因為寒冷與湧上的紊亂情感開始顫抖。銀次先生溫柔地輕撫我的背，就像在安撫孩子一般。

「……在那一刻到來之前……由我負責守護您。」

現在的我唯有在他貼心的關懷與手裡傳來的體溫中，能感到一股安心。

他的聲音與微笑都過於溫柔。

此時此刻的銀次先生內心在想什麼，又打算做什麼呢？

雪之子們所駕駛的雪橇穿越了雪原，進入森林，停在某面巨大的障壁前。

不，這不是障壁。這是……

「這……是棵大樹？」

原來是一棵高大得令人無法想像的巨大樹木。

枝葉上垂掛著閃閃動人的冰珠，凝聚並綻放出七彩繽紛的星光。

「簡直就像聖誕樹耶，以時間來說也很應景。」

「不，這是古巨樹大人。我也是第一次看到。」

「古巨樹大人？」

「在隱世中也鮮為人知的一種稀有妖怪。據說是活了數千年歲月的老樹，在特殊的自然神蹟之中獲得了『語言』與『可活動的手足』……」

仔細一看，這棵樹的樹幹上確實很像長了眼睛、鼻子還有嘴。

這並不是錯覺，確實是擬人的五官容貌。

「嗚……啊……」

劇烈的低吼聲響起，讓我不由自主掩耳。

但是這聲音似曾相識。

是我跟銀次先生倒在雪原上，目睹巨大身影時聽見的聲音……

「呔咿呔咿。」

「呔咿呔咿呔咿～」

那群雪之子拿著剩餘的冰淇淋大福，朝著古巨樹大人的嘴巴扔進去。

雖然是祭拜的意味，但真要說起來比較像投籃遊戲，古巨樹大人也嚼動著嘴巴享用供品。

吃完冰淇淋大福後，他隨之停止了低吼聲。

「？」

接著他的樹根部分突然隆起，把地表的土與積雪都帶了上來。驚人的是樹根就像腳一樣開始移動起來。

咚……咚……每一步都震撼著大地。

難道我當時所見到的身影，就是這古巨樹大人？傳入體內的這股共鳴很熟悉。

「古巨樹大人究竟要去哪？」

「根據傳說，他似乎一直在尋找某樣東西。因此他會漫無目的地游蕩一陣子，回過神時又發現他已回到了原處。」

在尋找某樣東西嗎……

在這滿是白雪的深山中，只是一股腦、徬徨地尋找著什麼，讓人覺得既寂寞又悲傷。

不知道哪一天才能順利找到。

「啊！葵小姐葵小姐！您看那邊！」

我目送著古巨樹大人離去的背影時，銀次先生搖了搖我的肩膀。

回頭一看，剛才古樹所佇立的地方出現了熟悉的人影。

「阿涼？」

阿涼竟然就在那裡彎著腰不知做些什麼。

是說她剛才就躲在那棵樹的樹根裡嗎？

我完全搞不清楚狀況，不過還是先朝她跑了過去。

「哎呀～看見葵跟小老闆的幽靈呢～看來兩人都被凍死在暴風雪裡頭了，南無阿彌陀佛～」

「我們還活著耶。」

壓根兒不覺得自己會喪命，反而還把對方當成死人。這種輕佻又神經大條的態度，果然是阿涼沒錯。

「阿涼，看來不需要我操心，妳也很有精神呢。」

「那當然啦，葵。我只是來見冬王一面而已。」

「果然……那棵古巨樹就是冬王對吧。」

「沒錯，小老闆。對於棲息於這一帶的妖怪而言，那棵古巨樹大人就是冬王信仰。他從好久以前就會四處移動，不過我只要從空中俯瞰就能掌握他的行蹤了。我想起冬王所停留之處會生長稀有的雪菇，於是趕緊跑來找。您瞧瞧。」

阿涼的懷裡抱著許多散發白色光芒的雪菇。

「這種菇傘比較大，中央還有漩渦狀的紋路呢。」

「也就是利口菇沒錯吧？」

如果是真的，那麼「冬王的棄子」這名稱果真名符其實。

「我啊，一直在這裡陪古巨樹大人聊天，等待利口菇長出來的時機。他老人家坐不住，馬上就想起身往別的地方去，要拖住他的腳步可費了我好大的勁。利口菇原本遲遲沒長多少，剛才突然滿地一朵一朵冒出來。」

我們馬上把這些利口菇裝進行李袋中。

由於不清楚製作解藥所需的分量，所以決定有多少摘多少。雪之子們也一起過來幫忙採集。

「～嗚嚕嚕～～哩哩～～」

「哎呀，好久沒看見雪之子了耶。所以葵跟小老闆是受他們所幫助嗎？」

「嗯嗯，沒錯，妳還真清楚耶。」

「畢竟這些小傢伙都很老實又善良呀。而且擁有的靈力與生存能力比起一般雪女雪男更高，重點是最強大的才能莫過於很難吃吧，不會成為冰狼的獵食目標。」

「……原來不好吃啊。」

光想到竟然要把這麼可愛的雪之子吃掉，就覺得心裡發涼。

不過也因此了解到他們能在這一帶安穩生活是有原因的。

採菇任務到此也告一段落，我把為阿涼帶來的冰淇淋大福拿給她享用。

「阿涼小姐，請問利口菇要如何製成解毒劑呢？」

面對銀次先生的發問，阿涼一邊把嘴裡咬著的大福皮拉得好長好長，一邊回答：

「嗯……我想想喔，記得應該是切碎後煎成湯藥飲用就行了吧。印象中曾經看過村長這麼做。」

然而雪之子們此時發出「嘰～～嘰～～」的叫聲並且搖頭。

看起來似乎在提出抗議。

「咦？什麼什麼？做為解毒劑使用，要先冷凍過後磨碎成粉狀再煎成湯藥？這樣子就能立即見效？喔喔對耶，必須先冰起來才行呀。」

在雪之子們的親切指導之下，我們得知了解藥的正確做法。

雖然一波三折，不過最後成功與阿涼會合，也順利取得利口菇，真是太好了。

冬王啊，感謝您賜與我們奇蹟般的幸運。

「好啦，那我們該打道回府了。春日還在等著呢。」

第八話 迎接下一個舞台

我們乘著雪之子的雪橇，請他們把我們送回喀雅雅湖。

抵達目的地時已經是隔天早上了。

「葵小姐，阿涼小姐，看來留在雷雷號的清大人一行人已經奪回古城，並成功討伐空賊了！」

「真的嗎？太好啦～」

「是的，清大人跟亂丸似乎也平安無事。」

銀次先生化身為九尾狐早一步回到這裡查看狀況，並且向剛抵達的我們報告。

雖然一直相信再怎麼樣也不至於打輸，不過還是發自內心感到慶幸。

當我們走近到能一睹喀雅雅湖景色之處，發現到現場除了雷雷號以外，還有另一艘飛船。

那就是空賊的飛船嗎？能看見他們已被冰里城的士兵們制伏，遭到五花大綁。

清大人與亂丸則站在雷雷號的甲板上等待我們歸來。

「各位順利回來真是太好了！請問利口菇……」

「有找到，就在這裡！」

我打開袋口，把大家合力採集回來的成果拿給清大人看。裡面裝了滿滿的利口菇，而且已經事先冷凍好。

「我們還向雪之子討教了解藥的正確做法。」

「這樣啊。所以說，這麼一來，春日她就能……」

清大人露出了放下心中大石的安心表情。

然而隨即又轉為凜然有神。

咦……清大人。

怎麼覺得跟過往柔弱的氛圍不太一樣，整個人似乎變得英姿煥發又強悍。

經過昨天一晚，到底發生了什麼改變？

站在他身旁的亂丸默默露出笑容，讓我很在意……

「喂，現在就放心還太早了吧。快點去醫務室。」

「知道啦，亂丸。清大人，請問春日目前狀況如何？」

「發燒發得很厲害，病情處於不穩。我們趕緊出發吧。雷雷號也即將返航冰里城，把逮捕的空賊一起帶回去。」

我們一行人向幫忙帶路到此的雪之子們滿懷感謝地低頭行禮。

接著急忙進入船艙內。同時感受到雷雷號已浮上水面，總算準備返回冰里城。

趕到醫務室時，早一步查覺到我們回來的伊塔奇小姐已經準備好工具，等候我們的到來。

「看來似乎順利趕上了，春日大人在這裡。」

「春日……」

臉色泛紫的春日無力地躺在床上，只剩微弱的呼吸。

她依然維持小狸貓的外型，但總覺得看起來比先前又瘦了一圈。

「據說利口菇在經過冷凍之後，菇傘的部分將產生具有解毒作用的成分，用熱水熬成藥湯就可以了。」

阿涼說明從雪之子那邊聽來的解藥製作方式，伊塔奇小姐隨即把凍好的利口菇刨碎並注入熱水，接著等待一段時間。

熬出來的萃取物似乎就具有解毒的功效。

在這段期間，我跟阿涼則走近春日床邊呼喚她。

「春日，馬上就能解脫了，妳再努力撐一會兒。」

「妳必須見證我光榮回歸女二掌櫃之位才行啊！」

不知她是否聽得見我們的加油打氣。

她依然只是閉著雙眼忍耐痛楚。

「完成了，解藥在這邊。」

伊塔奇小姐將帶有苦澀氣味的液體倒進小碟子裡放涼，再抱起春日讓她一點一點喝下。

春日飲用的速度雖然緩慢，但還是確實地將藥湯喝完，同時因為藥湯的苦味而露出更痛苦的表情。

接下來她大口深呼吸，然後虛弱的身子往後一倒。

「這、這樣沒問題嗎？」

「是的，這麼一來毒素應該被中和掉了。再來就只剩下……等待體力與靈力恢復了。」

清大人站在我們後方，一臉擔憂地觀察著春日的狀況。

應該是因為我和阿涼擋在病床前太礙事，害他無法靠近春日吧。

「春日，春日！我們盡最大努力了，妳快醒來啦！」

「阿涼，我們該走了。接下來……只能靜靜等待春日甦醒了。」

我拉著阿涼準備走出醫務室。

在離開之際，我看著清大人走向春日身邊的背影，還有那張側臉。

他的眼神看起來充滿擔憂同時卻又流露出憐愛，凝視著躺平的褐色小狸貓。

接著他伸手輕撫著對方的頭之後，獨自握緊了拳，彷彿已下定某種決心。

「話說回來，亂丸，聽說討伐空賊之戰很快就結束了呢。」

銀次先生與亂丸正在醫務室外的走廊討論著作戰過程。

「這還用說，銀次。這艘空船的戰力可不是蓋的，何況還有我在，本來就不可能輸。」

「畢竟你對盜賊之輩絕不手下留情呢。」

「不過呢，這場仗也沒有打得那麼輕鬆就是了。畢竟那個小少爺還不夠果斷，甚至還對我說喪氣話。不過本大爺趁這個機會好好教育他八葉該有的心態，嚴格特訓了一番。」

與空賊可霧偉團的一戰，聽說在敵軍未能傷及清大人時便幾乎已定出勝負。

一切要歸功於只有北方八葉能操縱的武器——雷雷號的融冰警報。

因為在發動警報後，敵軍已喪失了大半的戰力。

然而，據說在攻進古城之時，與四面楚歌的可霧偉團之間的戰況陷入了膠著，我方也出現一定數量的傷兵。不過亂丸激勵了清大人一番，要他別在此刻卻步而轉身逃跑，應該趁勢一網打盡。

一部分也是因為南方大地也曾經歷過紛亂的時代，亂丸已經習慣面對這種場面，所以成功預測敵方動向並斷絕所有後路。

「不過呢，這一次也讓那個小少爺釐清，什麼才是需要義無反顧守護的東西啦。他也終於鐵了心，要為北方大地——最重要的是為了狸貓丫頭，繼續奮戰下去。一路上要做完全正確的決擇是不可能的，但至少盡可能別偏離初衷，貫徹自身信念就行了。如此一來，這片灰暗的北方天空也終將撥雲見日。」

……撥雲見日嗎？

不知怎麼地，總讓我想起了最後在南方大地見到的光景——穿過雲間射入大海的那道動人光芒。

亂丸守護著懷抱諸多課題的南方大地，一路上應該也經歷過許多難關吧……

對耶。最能理解清大人處境的，也許正是亂丸。

對於清大人而言，在同為八葉的立場上，亂丸是值得信賴依靠的兄長。雖然人品不太完美，不過或許是最佳的商量對象吧。

「你那張狗嘴也是吐得出象牙的嘛。」

「啥？被妳這種ㄚ頭稱讚也不值得開心。是說妳跟那狸貓ㄚ頭對我講話的口氣都莫名地高高在上是怎樣。」

雖然這傢伙還是一樣不討喜，而且脾氣又暴躁。

「說起來北方大地原本就有望成為優秀的商業夥伴啊。再怎麼說，一北一南風土迥然不同，彼此擁有的特質與發展潛力也不一樣。共通點只有同樣都是鄉下地方，不過也因此能夠形成互補關係。先打好良好關係，對我們有益無害。」

「說得對呢，畢竟特色重疊的土地很容易產生競爭關係。」

「沒錯沒錯，就像折尾屋跟天神屋一樣。」

「咦～折尾屋跟天神屋有像嗎？我保持懷疑態度～」

「銀次，你這話是什麼意思。」

銀次與亂丸互相挖苦與諷刺。

這幅畫面也莫名令我感到一陣安心。正因為經歷過反目的時期，更是慶幸現在的他們能如此要好、理所當然地正視對方。

「啊啊，對了。喂，料理痴。」

「好疼！」

亂丸不知為何輕輕伸手戳了一下我的頭。

「妳教那個狸貓丫頭做一種奇怪又甜膩的點心對吧，我看有剩就吃掉囉。多虧那東西的福，在擊潰敵軍時發揮了功效。那個小少爺也把剩下的吃掉，重振精神後思路似乎也清晰多了。我配合他擬定的策略，最後順利擒下敵方頭目啦。」

「哇，原來是這樣！既然有派上用場就不枉費我帶來了。不過幫助清大人的應該不是我的料理，而是春日的真心與愛情就是了。」

我話才一說出口，亂丸就發出厭惡的作嘔聲，露出難以言喻的怪表情。這張臉是什麼意思啦，我可是很認真的耶。

「各位，春日大人已經恢復意識了。」

「！」

就在此時，伊塔奇小姐正好走出醫務室。

她特地來通知大家春日醒過來的好消息。

我們急忙起身趕去，為的就是親眼確認春日恢復健康的模樣。

「……」

然而……

當我們奔入室內，卻打消了原本想對春日說些什麼的念頭。

因為看見了清大人正緊抱著仍保持小狸貓外型東張西望的春日，並且靜靜流下眼淚的畫面。

「太好了。春日……真的太好了。」

「阿清？這是怎麼了？我……還活著嗎？」

「當然。是大家救了春日，同時也救了我，我現在衷心感謝冬王……」

「……阿清？」

春日似乎還不明白是怎麼一回事。

不過她已領悟到清大人這一整晚的心情，用那嬌小的身軀全數接納。清大人也不再企圖隱藏自己的內心。

「至今為止，我一直認為自己只能孤軍奮戰，但事實並非如此。只要有求救的勇氣，就會有人願意伸出援手。」

「……」

「這是春日妳讓我學會的。如果沒有妳，我從來不會發現這一點，但是我可不想再一次體會這種可能失去妳的恐懼了……」

清大人邊哭邊說出真心話。春日將臉頰貼近他，隔著他的擁抱看見站在後方的我們，接著微微點頭。

春日果然反應敏捷，她應該大致意會到現在的狀況與事情經過了吧。

「這樣啊。原來是大家合力幫助了我跟阿清對吧，謝謝。我已經沒事了，阿清也別哭了。不對，也許應該再哭得痛快點？把一切的一切全都傾吐出來，也許這樣對你比較好。」

她砰地一聲變回平常的女孩模樣。

接著緊擁住淚流不止的清大人的頭，臉上綻放深情的微笑。

「欸……阿清，你還記得嗎？我們去現世參觀東京鐵塔時，阿清說過想讓北方大地變成像現世一樣生氣蓬勃的城鎮對吧。同時也絕不能喪失本地的特色，要讓這裡成為冰人族引以為傲的家鄉……」

「我都記得。那時一邊吃著提拉米蘇，一邊跟妳高談闊論我的許多夢想。」

春日輕輕發出笑聲，點了點頭。

然後她溫柔地緩緩道來，彷彿在為孩子念童話讀本。

「當時我就決定了，要協助阿清完成你的夢想，與你並肩追求你心中的理想願景——這就是屬於我的夢想。」

「……」

「我一直都在等待。即使被大人們拆散，進入天神屋工作後，我還是在內心深處等待著能起身與你描繪夢想國度，並且實現理想的那一天。所以，當『那一天』來臨時，我內心的欣喜大過離開天神屋的寂寞。」

這些全是春日一直以來想傳達給清大人的真心。

「所以，阿清，今後也一起並肩努力下去吧。」

「……嗯，謝謝妳……春日。」

接下來的一段時間，這兩人持續用只有對方聽得見的細語聲，交換著彼此的心意。

這幅畫面總覺得讓我心頭充滿溫暖與欣慰。

某種層面上來說，甚至十分羨慕。

因為唯有坦誠相見，才能讓凍結的關係冰釋，昇華成真正的兩情相悅。

「……春日，真是太好了。」

我用誰也聽不見的音量低語。

此時突然覺得我們這些在場的第三者已變得多餘，於是我推著大家離開了房內。

「真是的！春日那丫頭，我們可是為了她在雪山裡賣命，結果一醒來竟然先跟男人卿卿我我……」

「阿涼妳要是再見不得人家好，臉上皺紋會越來越多喔。我們現在都已經夠狼狽了。」

「欸欸欸，葵，妳這話什麼意思？既然妳這麼說，就快做點能讓肌膚Q彈水潤的料理來吃吃啊。」

「Q彈水潤喔~是指膠質豐富的料理？我考慮看看。」

我們的對話最後還是以吃作結。

雖然跟往常沒兩樣，不過現在成為我們平安歸來的證明。

「這樣算是一種雨過天晴的概念嗎？我也開始覺得肚子餓了。」

「我也餓死啦。來到這裡之後連好好吃一餐的時間都沒有。」

「似乎就快抵達冰里城了，回到折尾屋船上之後我來做點吃的吧。想點菜的先告訴我。」

「葵，我想吃美乃滋蝦球丼。」

「希望能嘗嘗久違的和風蛋包飯呢。」

「我要牛排就好，一分熟。」

「欸等等，你們點的菜色也太多樣化了吧？折尾屋船上可沒有這麼多材料呀……」

將現有食材通通集中，不知道能否盡量做出符合需求的菜色。

回去之後請雙胞胎也來幫忙吧。他們一定也等不及我們的歸來了吧。

還要幫春日煮個滋補身體的親子雜炊粥。

因為她曾說過想吃雞肉，所以我其實趁阿涼來送東西時，偷偷從天神屋調了食火雞肉與食火雞蛋過來。

希望她吃了之後能恢復以往的活力，再次綻放那太陽般的燦爛笑容。

在上次的騷動平息後，已經過了數日。

被毒彈擊中的春日雖然已經成功解毒，側腹部仍帶著傷，需要靜養一段時間。

不過她的傷勢恢復得很順利，似乎已不需要擔心。我也每天負責照料她的三餐，以加快康復的速度。

另外，清大人在回到冰里城後立刻一改作風，迅速揪出向空賊洩漏情報，預謀本次奇襲的幕後黑手。

他從緝拿的可霧偉團空賊口中蒐集情報，並從他們的飛船扣押了證物。

背後主謀正是舊王族的親族，論輩分則為清大人的叔父與叔母。

在暗殺清大人的計畫失敗後，他們企圖連夜逃往妖都，卻被清大人埋伏於邊境的飛船逮個正著。

至於過去由掌權人士所引發的繼位鬥爭，聽說目前仍處於長期抗戰……檯面下的黑幕與敵人似乎還很多。

不對。

據說這些黑幕實際上很有可能與妖都貴族脫不了關係，只不過仍找不到決定性的證據。

「是的，當然。這次對春日出手的相關分子，我會一個也不留地全揪出來並且加以嚴懲，這同時也是為了北方大地的未來。就算其中包含了妖都貴族，我也不會再逃避。」

清大人直快的宣言中充滿強而有力的堅定。

以前圍繞他的那股脆弱虛幻的氛圍已不復在，現在的他儼然是一位鐵面無私，具有威望的城主大人。

也許這多少有受亂丸所影響，但主要還是因為他已做出覺悟，為了堅守信念而不惜樹敵，並且正面迎戰。

另外，冰里城也與天神屋、折尾屋正式簽下協定，北、南以及東北大地三方將在今後攜手合作，推動豪華飛船的遊覽旅行團事業。

同時，天神屋也成功獲得北方大地的後援，在每年年初——也就是即將於五日後舉行的「八葉夜行會」中，得到了這位新的盟友。

據清大人所言，這次將會使用具有八葉權限的金印璽，支持我們天神屋。

至於我呢，雖然無法像大家一樣在政商交易或是今後方針上貢獻任何力量，但是自己的廚藝至少能慰勞他們的辛勞。

因此今天依然在折尾屋的船上，與雙胞胎一起進行新菜的開發。

那是我在昨晚久違被叫回星華丸，用夜鷹號擺攤賣沾麵時所想到的點子。

以後若能順利商品化，在北方大地遊覽船上擺攤供應的話，應該能讓旅客順便暖暖身子吧。

使用的材料有北方當地的雞蛋與麵粉製成的麵條，還有品質優良的奶油。

再加上用岩豬骨熬製的湯頭，與岩豬肉製成的叉燒。

其他配料還有以食火雞溫泉蛋做成的糖心蛋，以及折尾屋想推廣為南方大地新特產的特甜玉米粒……

敘述到這邊，應該能想像出是什麼料理了吧？

就是選用三地特產所完成的溫醇濃厚味噌拉麵。

上頭再擺滿大量的炒蔬菜，讓美味更加分。

「拉麵在隱世這裡雖然也有一定的普及度，但是湯頭基本上還是以醬油為主呢。這道豚骨味噌拉麵添加了北方大地產的奶油，想必能有吸睛效果，而且接受度應該很廣。真希望能在北方大地遊覽船上擺攤賣這個～在凜冽卻又美得動人的天空下，不會有其他宵夜比這個還更誘人了。」

看著眼前的試作品，我已經有成功的信心。

我並非專精拉麵的達人，所以最終還是希望交給當地拉麵師傅來接手發展下去。於是這一次也在雙胞胎的協助下完成試做。

「夕顏終於要正式挑戰投入餐飲攤販業了嗎～」

「那我們來做個長崎風味的海鮮蔬菜什錦麵好了～」

「啊啊，長崎的蔬菜什錦麵，感覺也不錯耶。」

雙胞胎也不辜負我的期待，提出了很有建設性的想法。若能利用南方大地富饒的海產與蔬菜，也許能做出不錯的成品。

不過現在也已到了晚飯時間，若只有拉麵這個單一品項好像稍嫌不足，所以我跟雙胞胎一起準備了豬絞肉、小蝦子與韭菜，製作了大量的煎餃。

拉麵果然還是要配上煎餃才算完整。

今天不在食堂吃飯，改在飛船甲板上擺放好桌椅與料理，嘗試將夜鷹號改為攤販模式來替大家供應晚餐。由於甲板外圍點了遊覽船也會提供的妖火取暖設備，實際上不算太冷，但還是沒有室內暖和。

折尾屋的妖怪們也差不多該適應這地方的低溫了吧，就看這道寒冬天空下的拉麵能不能讓他們滿意了……

「各位～來吃晚飯惹～」

原本在夜鷹號的吧檯上獨自玩耍的小不點，用盡全身力氣搖響了專門用來通知開飯時間的鈴。

率先鑽過夜鷹號店門簾的就是阿涼。

奉天神屋的命令，她繼續停留在這裡照顧春日到今天。

不過今晚深夜就要回旅館去了。

「唉～吃完這碗拉麵，再去見春日一面，我就得回天神屋了呢。真是短暫的返鄉假期～」

「但是我倒很羨慕妳能回去呢，我似乎還得要繼續待上個一陣子。」

「妳何時變得這麼喜歡天神屋了？真奇怪的人。我可一點都不想上班～但是沒工作就沒飯吃。」

「既然這麼說，那妳乾脆留在這裡找工作啊，當春日的侍女之類。」

「啊，這點子似乎不錯。」

然而阿涼似乎想起了什麼要緊事，又嘆了深深一口氣。

「可是還是不行啦。我都發下豪語跟春日說要做女二掌櫃了。」

「就是啊，妳得好好謹記在心。春日她會等著你回歸女二掌櫃寶座的那一天。」

「妳有資格說這些嗎？」

阿涼一邊發著各種牢騷，一邊吸了第一口拉麵。此時折尾屋的船員們開始陸陸續續往甲板聚集而來。

我就像生產線上的作業員，以固定的動作一一幫他們準備好豚骨味噌拉麵與煎餃；大家興高采烈地各自拿著酒水過來，在甲板上開起拉麵之宴，看起來好不快樂。

就在此時，剛結束討論會議的銀次先生與亂丸也來到現場。

「啊～肚子餓死了。話說為什麼非得在這冷得要死的天氣裡在戶外吃飯啊。」

「北方大地的巡覽行程將從這裡出發，一路參觀眾多的景點。所以有必要確認甲板空間在妖火包圍下的暖度夠不夠啦，亂丸。」

「嗯，的確是有道理沒錯啦。喔喔，今天吃拉麵啊，還可以囉。」

「味噌與奶油交融的美好風味，實在無法言喻。」

「雙胞胎幫忙熬了美味的豚骨湯頭，所以我對這道作品頗具信心。雖然湯頭很棒，但是喝太多的話會攝取過量鹽分跟熱量的，自己留意點喔。」

為何我要特地提醒這一點，是因為先行開動的阿涼已經把拉麵湯全喝光了……

雖然也不是不能理解她的心情。

「我還要加點普通的白飯。」

「亂丸你喔，是把拉麵當成配菜，白飯當主食嗎？碳水化合物配碳水化合物是最肥的吃法了，雖然我的確有準備白飯。」

「平常忙得要死，每天勞動筋骨鍛鍊身體的我最好是會肥啦。既然有煎餃當然需要白飯，這是理所當然的搭配。有煮白飯就趕快端上來啦，伙食兵。」

「……真是的，口氣這麼囂張。好啦，我也能理解你的主張就是了。」

這個組合再加上一碗白飯，絕對更對味。

回想起前陣子的狀況，再看看亂丸現在能理所當然般地吃著我所做的料理，也許算是一大進步了。

雖然也可能是因為折尾屋的雙胞胎也有幫忙的關係。

「銀次先生也要來碗白飯嗎？」

「……不，請給我多一點筍乾。」

要求筍乾加量的銀次先生不知為何看起來有些不好意思。也許是打算喝兩杯吧。

不過既然是他提出的要求，我也不是不能照辦。

工作辛苦了。久等了，這是你的拉麵與煎餃定食。

「我差不多該幫春日送晚餐過去了。」

「葵，那我也要一起。」

於是我就像拉麵店的外送員，把拉麵與煎餃定食裝進外賣箱，再把「某樣東西」交給阿涼幫忙拿著，一起送往位於冰里城內的春日房間。

春日正在自己房裡一邊讀書一邊乖乖靜養的樣子。

「傷勢目前怎麼樣？」

「嗯，沒問題。有小葵的料理加持，據說復原得很快。但距離完全康復似乎還需要一陣子就是了。」

春日開朗地露齒一笑，阿涼則捏著她的臉頰肉。

能再看見這張笑臉實在太好了。

「拉麵、拉麵！」

「春日妳本來愛吃拉麵來著？」

「嗯，不過只吃過醬油口味的，我現在正好開始想吃點重口味的東西。」

「我想也是，這幾天都吃得太清淡了嘛。」

雖然也是我本人做的就是了。

「不過味噌拉麵還加了豐富的蔬菜喔，雖然口味比較濃郁，但同時能攝取豐富營養。」

「煎餃也不賴耶～」

其實兩份餐點我都刻意減少了分量……

說是補償好像也有點怪，不過我另外帶了使用整顆雪屋草莓製成的冰淇淋大福過來。

這也是我答應清大人的約定，替春日製作的草莓甜點。

阿涼所抱著的冰製容器裡頭擺了三顆大福。

因為我想等春日享用完拉麵與煎餃定食後，三個人一起享用。

「哇～這也太新奇了！整顆草莓從頂端冒出來。」

春日手拿著冰製的扁盤，利用和菓子專用的烏樟木籤切開後，將冰淇淋大福連同草莓送入口中，結果這股入口即化的酸甜美味令她心花怒放地揮動著雙手。

那雙瞪大的圓眼也發出閃閃光芒。

「其實本來想把整顆草莓包進去的，但實在太大顆了，只好改插在上頭。不過看起來很像埋在雪地裡的草莓，也很可愛吧？」

「嗯！雖然隱世也有草莓大福，但大多都是包在裡面當內餡，好像從沒看過搭配冰淇淋內餡，然後草莓從外皮冒出來的。」

「……咳咳！我先聲明喔，這種強調草莓存在感的款式，最近在現世可是很常見的。」

沒錯，我想絕對不是我的做法太粗獷了。

這次的冰淇淋餡有別於上次做給雪之子吃的優格口味，改將鮮奶油打發後再混入，讓成品帶有更濃厚的牛奶香醇。正因為如此，才更能襯托出草莓的酸甜滋味。

反觀阿涼，竟然直接用手拿著，當作在吃甜饅頭一樣。

不過既然被她拿在手上，那冰淇淋應該也不會融化吧……

「像這樣三個人聚在一起，就讓我想起在夕顏吃飯的回憶呢。」

「……就是呀。」

在我才剛開始經營夕顏時，春日跟阿涼沒事就晃來店裡幫忙吃剩飯。替她們張羅料理的同時，我也從中獲得許多啟發。

明明是沒多久之前的事情，現在卻已成為回憶，令我有點落寞。

「春日，妳之前說什麼要回天神屋，結果最後怎麼樣了？」

阿涼不著痕跡地問道。春日則一邊苦笑一邊回答：

「關於這件事，我也跟阿清談過了。我還是決定不回天神屋了，我要在這裡支持阿清，找尋屬於我的使命。」

「……這樣啊。」

我本來就猜想，依春日的個性大概會如此決定。

阿涼似乎感到有點遺憾，不過她應該也早預料到結果了吧。

「好吧，妳不用把自己搞得像吃回頭草一樣落魄也好，下一次要以客人的身分來天神屋貢獻消費啊。」

「知道了～阿涼小姐。」
然而春日依舊喊她為阿涼小姐。
不過我認為這兩人永遠保持這樣的關係就夠了。對春日而言，阿涼是一輩子的阿涼小姐；對於阿涼而言，春日也永遠是自己栽培的手下愛將。
「對了，春日，我告訴妳一件好事吧。這些草莓是清大人親自摘回來的唷。」
「咦！真的嗎？」
「要我利用草莓來製作甜點，起初也是清大人提出的請求。他一部分是希望推廣為當地特產，不過主要還是因為春日喜歡吃草莓。」
「……呵呵，嗚呵呵呵。」
春日看起來似乎有點，不對，是頗為開心。
那張充滿少女情懷的嬌羞笑臉，跟草莓真搭。她心裡果然很喜歡清大人呢……
老實說，我原本希望清大人能親手製作這道甜點是最好不過，但目前的他有太多要務在身，所以最後還是作罷。
為了春日，同時也為了這片土地，清大人需要與亂丸、銀次先生聯手，為了夜行會與今後的方針進行準備。
而我現在的使命正是做出讓兩人心意相通的料理。
春日心裡十分明白這一點。她充滿憐愛地將草莓大福塞進雙頰裡，心裡同時應該正在想著奮鬥的清大人吧。

「北方大地真是充滿各種美食的寶地。因為素材優良，所以才能做出雪屋草莓大福與提拉米蘇這些地方特色甜點。要好好推廣給隱世的妖怪們唷，春日。」

土鍋起司鍋、木枡酒杯提拉米蘇、雙胞胎構思的雪國鮮蔬沙拉，以及雪屋草莓冰淇淋大福……這些在本地設計出的品項交由銀次先生整理出企畫書，今天剛提交給清大人。春日也知道這件事。

「嗯。等我康復了，會繼承小葵妳們的點子，四處尋求交涉機會並全力投入推廣，讓隱世更多妖怪能嘗到眾多的美味特產。我目前有幾個振興地方產業的想法，這方面的能耐，我想我絕對比阿清還強呢。」

「好吧，春日，妳就在能力所及範圍加油囉，別死了就好。」

「是的～阿涼小姐。」

我們所灑下的種子，並不確定會如何在北方發展，又如何遍及整個隱世。就連是否能萌芽都無法保證，畢竟未來的事情沒人能說得準。

但是，若託付給現在的春日與清大人，我想沒問題。

他們應該會交出超越我們想像的成果吧。

畢竟春日她臉上的笑容是那麼爽朗，彷彿已豁然開朗。

「小葵，阿涼小姐，各方面都謝謝妳們了。我會努力的。托妳們的福，我跟阿清才能吐露真心並且坦誠相對。接下來換我們來幫助天神屋了。」

「……春日。」

春日接著仰頭望向我。

「欸，小葵。希望妳也能早日見到大老闆。」

「……」

這句話讓我明白了。

春日她……也早已看穿了，無論是我內心的糾結還是焦躁。

以及已經存在的某種感情。

我情不自禁地皺起臉，伸手將她緩緩抱緊。

春日溫柔地將我包覆在懷抱裡，撫摸著我的頭。

「沒問題的。雖然周圍都是敵人，但是我們也開始形成同盟了。小葵只要別迷失方向，認清什麼才是對自己最重要的，這樣就好了。再來只剩下學會坦率面對感情了。」

「嗯。我明白……謝謝妳，春日。」

內心無聲無息泛起的漣漪，經過春日的開導，似乎已經恢復了平靜。

我同時也開始思考她這番話的意義。

這代表為了救回大老闆所需要面臨的最後戰役，正準備開始。

走出冰里城外的時間明明是午夜，卻發現夜空明亮得令人眩目，我不禁閉起眼睛。

就連阿涼也用衣袖掩面。

「唉唷～這是怎樣啦，真夠刺眼的！」

「欸……那是……」

一艘巨大飛船拖曳著耀眼的橘紅色妖火，浮現於冰里城上空。

船隻規模實在過於壯觀，讓我不由自主停下腳步仰望天空。

船帆與船體上都有著陌生的標誌。

「不知道這是哪來的船？」

「喔喔，那是文門狸的家徽。他們應該是派了使者之類的前來吧，畢竟春日發生了那種事。」

「喔喔，原來如此。」

正如阿涼所說，那艘船看來是屬於西北大地文門狸所有。

飛船緩緩下降，停靠在冰里城的泊船場。

啊，清大人與雷薩庫先生出來迎賓了。

為了不妨礙他們，我快步橫穿過泊船場的步道，打算回到折尾屋的飛船上。然而，有股熟悉的香甜氣味一瞬間從背後飄過來，我不禁轉過了身。

「歡迎兩位大駕光臨，黃金童子大人，以及右大臣——家康公。」

清大人的聲音乘著冬夜的冷風傳了過來。

我緩緩吸進空氣，然後吐氣。

當口中吐出的白霧消失時，出現在我視野前方的是一位金髮座敷童子了。

「……黃金童子。」

為何她會出現在這裡？

那位嬌小的座敷童子所散發的金色眩目光芒，幾乎快把我整個人吸進去。

那股令人無法轉移目光的存在感，跟上次完全一樣。

她手中拿著天狗扇。

當她接著用眼神確認我的存在後，掩嘴輕輕發出笑聲。

她身旁還站了一位個頭高大的男性。對方有著一張圓臉，身上穿著氣派的日式禮服。

不一會兒，查覺到城外狀況有異的銀次先生與亂丸也來到現場，與我們會合。

他們似乎不知道黃金童子要來冰里城一事。

「全是許久未見的陣容呢。不過大家怎麼一致露出了無法置信的驚訝表情。」

黃金童子從飛船上走了下來，同時瞇起眼睛看向我們。

「咯！咯！咯！面對黃金童子大人您那耀眼的光芒，會看傻了眼也是在所難免。噢噢，女婿，你的神情比以前來得精悍多了。這一次真的感謝你救了春日一命。」

那位長著狸貓臉的男性握起清大人的手，臉上浮現和藹的笑容，頻頻點頭哈腰。

態度謙卑的他，難道就是隱世的右大臣？也就是春日的父親……

「家康公，拯救春日一命的並不是我，而是那邊來自天神屋的葵小姐、阿涼小姐與小老闆銀次先生。」

「噢噢！天神屋的各位！」

他改朝這裡走過來，一一與我們握手並客氣地問好。

「佩服佩服！各位竟然救了小女的性命。哎呀！當我收到連絡，得知春日身中毒彈時，真的嚇得魂飛魄散。不愧是天神屋的鬼妻、女二掌櫃以及小老闆。」

我當下不知該做何回應才好，然而天不怕地不怕的阿涼開口：

「右大臣大人真死相～我已經不是女二掌櫃啦。」

「噢？這是我剛剛才得到的最新情報耶。天神屋下任女二掌櫃決定由阿涼小姐接任。」

她毫不客氣地糾正了對方，然而右大臣愣愣地眨著圓臉上的兩顆黑眼珠。

「……咦？」

我們一致愣在原地。

「據說是對於妳在北方大地立下的功績給予肯定，經過天神屋的白夜殿下、女掌櫃阿市殿下與現任女二掌櫃菊乃殿下三位討論之後所決定的。說是等取得妳的首肯之後，明年開始就會將女二掌櫃的權限轉移給妳。」

「……」

「哎呀呀，這可真是失禮了。難道是通知還沒下來嗎？文門狸取得情報的速度太快，不小心就提早說溜嘴了。」

家康公一邊咯咯咯地笑著，一邊摸摸自己的後腦勺。

他說得沒錯，乍聞這個消息的我們，晚了一拍才有所反應。

「咦咦咦咦咦咦咦咦咦？」

我們忍不住在這種重要的場合，在堂堂右大臣與黃金童子面前發出了驚呼。

尤其是阿涼，帶著一臉震驚的表情僵在原地，就像化為一座冰雕。不愧是雪女。

在春日面前發下豪語要重回女二掌櫃寶座的她，比誰都替春日賣命。

她的表現受到了肯定，我也替她感到開心。但是阿涼本人似乎壓根兒沒預料到這種狀況。

如果是往常的她，一定會吵著要人家在大老闆面前美言幾句，然而現在卻露出些許複雜的表情，看來事後應該會向天神屋幹部尋求更詳細的說明。

「話說回來，小老闆。」

「是。」

銀次先生在隱世右大臣的指名之下，挺直了腰桿。

剛才還跟我們一起目瞪口呆的他，現在已完全換上天神屋小老闆應有的神情。

「書函我已經從千秋那邊收到了。關於今後的事情與妖都中央的動向，誠心希望能與折尾屋大老闆、以及冰里城少城主同桌進行商議。」

「我明白了。」

「還有，天神屋鬼妻……不，津場木葵殿下。」

「呃，是。」

家康公身上散發的氛圍為之一變。

他臉上仍掛著笑容，但是卻多了一分充滿壓迫感的威嚇，讓我在這冰天雪地裡滲出冷汗。

這才是妖都右大臣原有的氣場。

「葵殿下。我們文門狸一族有意邀請妳來到文門大地。為了即將到來的夜行會，有一些任務需要妳進行準備。另外，還有一些關於天神屋大老闆的事情要告知妳……黃金童子大人正是為此來迎接妳的。」

家康公低著頭轉過身。

眩目的金色光芒蔓延到我的腳邊，位於光源處的可想而知是黃金童子。

她用那雙深不可測的金色瞳眸凝視著我。

「過來吧，津場木葵。」

並且朝著我伸出了白皙的手。

「若妳要追尋鬼神的真相，我就給妳一個答案。只要妳做好了得知事實的覺悟，就握住我的手吧。」

她的聲音纖細又透亮，同時又令人感到畏懼。

我無意識地伸出手卻又猛然收了回來，不禁望向銀次先生求助。

因為我不知道該如何是好，也不確定自己是否真的可以握住那隻手。

銀次先生原本似乎想說些什麼，卻又緩緩閉口，溫柔地微笑並頷首。

這瞬間讓我湧起一股悲傷。

此時的銀次先生抱著什麼樣的心情，我無從得知。但是……

「葵小姐，下一次與您相見，想必已是在妖都……的夜行會上了吧。」

「銀次先生。」

「等一切落幕後，我們再一起回到夕顏開店吧。我衷心期待著葵小姐回到那個地方，用您的料理款待客人的日子再度到來。」

這番話化為動力，從背後推了我一把，我甚至能從中感受到銀次先生的溫度。

我堅定地點點頭，把外賣箱交給阿涼，仰頭望向從冰里城高處的冰窗看著我們的春日……

接著我踏上金黃光芒所形成的道路。

走向那位看起來比我年幼許多，對天神屋而言卻是至高無上存在的黃金童子。

「請告訴我大老闆的真相。」

「……好吧。至於妳是否能接受這一切，早已在我的預料之中，葵。」

我與黃金童子一同坐上帶有文門狸家徽的飛船。

我想知道關於大老闆的事實，我渴望見他一面。

無論這份心願的另一端連繫著什麼。

在得知真相的同時，我也將為自己搖擺不定的內心做下最後的決斷。

閉幕　黃金童子與大老闆

在漆黑的死水之中，意識獲得了甦醒。

我……

我是誰？

「你似乎醒來了呢，剎。」

「……黃金童子大人。」

剎。

感覺已經許久沒有人這樣呼喚我了。

這是習慣被稱為天神屋大老闆的我，所擁有的真名。

知道這個名字的人只有一個，就是將我從地底深處喚醒的金髮金眼座敷童子……

黃金童子大人。

「當我得知你被妖王囚禁時，心想這怎麼可能……你究竟在想些什麼，剎。憑你的力量要逃脫還不簡單。」

黃金童子大人面無表情，但似乎反常地擔心著我。

當我身為天神屋大老闆時，明明總是給我充滿惡意的考驗。

「呵呵。您太過獎了，黃金童子大人。我倒認為我陷入行蹤不明的這場危機，對天神屋來說沒什麼不好。」

「你對天神屋裡的他們有什麼期待？」

「期待？不，是信賴。即使沒有我，他們也能繼續堅守天神屋下去吧。」

「……你不會是想就此卸下『大老闆』一職吧？」

我並未回答黃金童子大人的問題，從床上起身之後確認自己的樣貌。

雖然一度被揭穿了真面目，現在已經回歸平常的模樣。

心臟……也一如往常地規律跳動。

「黃金童子大人，是您把我變回人樣的？」

「是啊。在幻化的外形被強行卸下後，『核心』出現了裂痕，已經替你修好了。話雖如此，目前仍處於不穩定的狀態。只要有任何一點小疏忽，恐怕將會再次引發問題。這點你得牢記在心。」

「我明白的。」

我環顧整個室內。

這房間被白色的紙拉門所包圍，地上鋪著榻榻米，空間並不大。地點位於……

「這裡是西北方……文門大地是吧。」

「沒錯。我拜託了那群生性狡猾但是防禦力堅不可催的文門狸把你藏匿在此，我現在正要去迎接你的未婚妻過來。」

這句話讓我不禁流露出明顯的反應。

我將剛才隨意掃視的眼神再次移回黃金童子大人身上。

「您……要去迎接葵？」

「嗯。那孩子為了救回你甚至潛入妖都宮中，後來還差點在北方大地的雪山裡遇難……呵呵，都不知道在生死關頭走過幾回了。真不枉費你不惜削減自身性命替她解開詛咒。」

「……」

我暫時閉上雙眼，回想葵的容貌與身影。

葵——被我帶來天神屋替史郎抵債的擔保品，我的未婚妻。

擁有人類脆弱的血肉之軀與軟弱的心靈，卻又能在她身上發現妖怪無法捉摸的一面，在我眼中顯得如此珍貴同時又耀眼。她就是個這樣的姑娘。

我覺得自己好像在妖都見過她一次，但當時的我幾乎已喪失屬於自己的意識，所以記憶並不是很清晰。

隱約記得她好像對我說了些什麼來著。

「剎，你想念她嗎？」

黃金童子大人的質問讓我緩緩睜開雙眼，用刺探的眼神瞪向她。

「別這樣瞪著我。我並無意調侃你，只是心想原來有這麼一個姑娘可以讓你露出這張表情。」

「您看起來挺樂的不是嗎，黃金童子大人。葵在您眼中是個合格的人選嗎？」

「呵呵……這個嘛，我想再多觀察一會兒。不過她真的像是史郎的翻版，雖然事態發展不同，不過闊步橫行於隱世、玩弄妖怪於股掌，以及幹盡荒唐事這些地方都很像呢。」

「……史郎是吧。」

津場木史郎。

自從在隱世與他相遇，直到他死前的這段年月，我們都是水火不容，同時卻也感覺彼此身上流著相同的血液。

這個男人一生之中唯獨一次有求於我。

那就是……

「你與史郎的約定履行之日，已經近了。」

黃金童子漫無目的地凝望著某一方，如此細語著。

接著她坐在有金色刺繡圖案的坐墊上，拿起放在身旁的手鞠球。

「睡了這麼久，你應該餓了吧。吃點這個。」

她將手鞠球從中打開成兩半，取出裡頭的銅鑼燒。

是大湖糕點串屋的銅鑼燒，也是黃金童子大人愛吃的點心之一。

她將銅鑼燒放在我面前。

「抱歉呀，可惜不是『你最愛吃的東西』。」

「……不會，我也不討厭銅鑼燒，畢竟小時候您常拿給我吃。不過選擇的店家還真是具有諷刺的意味呢。」

「這有什麼辦法，我就是最喜歡這家的銅鑼燒。」

肚子的確是餓了。

空腹象徵靈力的枯竭，也直接關係到妖怪的性命。我就不客氣地享用了。

不過，這種時候若能吃到葵親手做的料理……那身體與心靈都能得到十二分的滿足吧。

「對了……」

黃金童子大人拿起一份報紙，仍給正在大口享用銅鑼燒的我。是妖都新聞報。

「你就邊看看報紙邊在這裡等著吧。」

她拉開紙門，走進金色花朵爭相綻放的庭園，在一陣波動中消失。

她還是老樣子，總是施展看起來裝神弄鬼的妖術。

我吃完銅鑼燒後，拿起報紙過目。

『天神屋大老闆真面目曝光　竟是萬惡邪鬼』

『鬼神滿口謊言　覬覦妖王大位』

『八葉制度質疑聲浪四起』

報導重點全在於公開我是萬惡邪鬼的身分，然後用聳動辛辣的文筆寫下關於我的不實傳聞與隱世的情勢。

啊啊，不意外。

我早已料到會演變至此。

不過我對於這些指控絲毫不以為意。我是邪鬼的事實，早在上一次被隱世眾人封印時就已再清楚不過了。

不過……葵是怎麼想的呢。

聽說她為了把我找回來，不惜鋌而走險。

「……」

我在手心上點燃鬼火，將報紙燒成灰燼。

接著用帶有餘熱的手，緊緊按著被保護在謊言底下的「心」。

那麼……我也是時候該動身了吧。

「葵，馬上就能再相見了。」

我與史郎之約。

以及與年幼的妳交換的約定。

無論我今後下場將會如何，都必定死守到底。

後記

各位讀者朋友好，我是友麻碧。

誠摯感謝本次購買並閱讀《妖怪旅館營業中》第八集。

本集作品抵達大家手邊之時，電視動畫《妖怪旅館營業中》想必也已經開播了吧。在寫這篇後記的時間點，距離開播日還有一個月，所以此時此刻我正滿懷著期待的心情。

無論是動畫還是小說新刊，希望都能讓各位看得開心！

那麼就進入正題。本集的故事舞台來到了北國。

我本人出身自九州，所以並沒有實際體驗過雪國的生活。

而且還相當怕冷，到了冬天幾乎不想出門。窩在熱呼呼的暖爐桌裡一邊取暖一邊吃冰淇淋，真是再享受不過了……

所以請恕我話鋒一轉，談談新年聚會時去秋田料理專賣店的體驗。

這家餐廳能在模擬雪屋造型的包廂裡享用米棒鍋。新年聚會時友人幫忙訂了這家店，結果我當天睡午覺睡到晚上，最後姍姍來遲。

正當我們在雪屋包廂裡大啖著秋田特有的醃燻白蘿蔔醬菜、炸鰰魚等地方料理時，一位「生剝鬼」竟突然闖了進來。說到秋田，首先就想到戴著一大張鬼面具，身穿蓑衣的這號人物。原來這家店還有提供生剝鬼巡包廂的表演。

這位生剝鬼用招牌臺詞「不聽話的壞孩子在哪裡～」嚇唬我們，結果友人們全指著我說「這個人今天遲到」，於是我便挨了一頓罵。

不過這還真是一次相當新奇的體驗呢，被秋田的生剝鬼訓斥一頓其實也不錯。最後還享用到美味的米棒鍋與米冰淇淋，大飽口福，為新年聚會畫下完美的句點。

本集劇情中也出現了米棒鍋這道料理，是我的最愛。烤得焦香的米棒放進鍋內煮到入味，口感變得出乎意料得軟爛，而且吸飽了口味清淡溫醇的高湯，更添美味。寫著寫著總覺得自己的肚子也開始餓了……

對了，請容我再換個話題。在執筆本集小說的期間，我去了一趟草莓園採草莓。這次故事中草莓的戲分也很多呢。

我去了九州當地的草莓園，把眾多品種全都試吃了一輪比較。甘王、幸之香、豐之香、佐賀微香、飛鳥紅寶石、紅頰、章姬……草莓的品種也是五花八門呢。

我平常習慣買盒裝的同品種草莓，所以幾乎從未思考過各品種之間的差異。像這樣有機會實際比較之後，才知道不同品種果然各有截然不同的風味，是個相當新鮮的發現。

以我個人來說，特別中意的是名為章姬的品種。章姬的特色在於果實呈現瘦長狀，酸味比較少，吃起來相當順口。雖然時間是冬天，不過草莓在塑膠布溫室裡充分享受日光浴，果實帶著微微的溫度……不管怎麼說，現摘還是再美味不過了。

希望採草莓能成為每年的例行活動。

來到卷末感謝時間，首先是責任編輯。動畫版即將開播，各方面承蒙責任編輯越來越多的照顧。總是在極限邊緣趕稿的我帶來許多麻煩，但還是會努力度過這個重要關卡的，今後也請繼續多多指教。

接著是擔任封面插圖設計的 Laruha 老師。這次的封面充滿各種可愛要素，實在太美好了。

尤其是大老闆造型的雪人特別吸引我的目光。

「啊啊……大老闆這一回……以雪人之姿登場啦……」看著封面的我如此心想。

我想 Laruha 老師目前應該正忙於動畫那邊的工作，不過就我個人來說相當期待能一飽眼福，欣賞老師所描繪的動人插圖。今後也請多多關照了！

最後是各位讀者。

在此再次致上感謝，《妖怪旅館營業中》能來到改編成動畫版這一步，都是因為有各位讀者朋友的支持。最近我深深感受到喜愛本作的各位所擁有的熱情，又或者說是愛情……讓我覺得這部作品真的被眾多緣分所眷顧。

相當令人感激的是電視動畫將連續播放兩季。在下集小說推出之時，動畫版應該也剛好進入尾聲了。

然後下集內容將會是大老闆睽違已久的再度登場，請各位期待本名揭曉的他將會有什麼活躍表現。至於葵與大老闆之間的約定之謎，我想也即將正式進入主線。

第九集預計將於初秋發行。（註2）

那麼就請各位繼續多多關照了。

友麻碧

註2：以上指日本出版狀況。

作家實習生今天也努力編織文章。

——成為讓卡夫卡女孩更加深愛的男孩。

愛上卡夫卡女孩

森晶麿／著　洪于琇／譯

深海楓出於挑戰心態，寫了情書給拒絕多位男生追求的風香，結果遭到她狠狠拒絕。她對糾纏不休的楓說：「那麼你成為卡夫卡吧。」於是，楓以風香敬佩的卡夫卡為目標寫起小說，同學卻帶著費解的謎題找上門。世上怎麼可能有那種事？但風香以冷靜犀利的觀察角度提供線索，原來答案都在卡夫卡的書裡？

定價：NT$280/HK$85

輕文學 Light Literature

在前世的因緣之地——京都，
真相逐漸明朗！

淺草鬼妻日記 1~3

友麻碧／著　莫秦／譯

擁有「茨木童子」前世記憶的女高中生茨木真紀，和同樣由大妖怪轉世的天酒馨與繼見由理彥，這輩子致力於改善妖怪社會，盡情享受人生！但是，由前世宿敵「安倍晴明」轉生的叶冬夜，意外揭露三人隱藏著重大謊言，原本和諧的關係也在猜疑中瀕臨崩毀。這時，他們來到京都進行修學旅行……

定價：各 NT$300-320/HK$90-98

國家圖書館出版品預行編目資料

妖怪旅館營業中．八，雪之國度的珍味奇景 / 友麻碧作；蔡孟婷譯．-- 初版．-- 臺北市：臺灣角川，2018.12

面； 公分．--（角川輕．文學）

譯自：かくりよの宿飯．八，あやかしお宿が町おこしします。

ISBN 978-957-564-663-9（平裝）

861.57 107018575

輕文學 Light Literature

妖怪旅館營業中 八 雪之國度的珍味奇景

原著名＊かくりよの宿飯 八　あやかしお宿が町おこしします。

作　　者＊友麻碧
插　　畫＊Laruha
譯　　者＊蔡孟婷

2018年12月24日　初版第1刷發行
2023年3月15日　初版第4刷發行

發 行 人＊岩崎剛人
總　　監＊呂慧君
總 編 輯＊蔡佩芬
編　　輯＊林毓珊
美術設計＊吳佳昫
印　　務＊李明修（主任）、張加恩（主任）、張凱棋

台灣角川

發 行 所＊台灣角川股份有限公司
地　　址＊104台北市中山區松江路223號3樓
電　　話＊（02）2515-3000
傳　　真＊（02）2515-0033
網　　址＊www.kadokawa.com.tw
劃撥帳戶＊台灣角川股份有限公司
劃撥帳號＊19487412
法律顧問＊有澤法律事務所
製　　版＊尚騰印刷事業有限公司
I S B N＊978-957-564-663-9